I0613471

PRÉFECTURE DU DÉPARTEMENT DE LA SEINE.

VILLE DE PARIS.

Direction de l'Administration générale.

RECUEIL

DES

DOCUMENTS OFFICIELS

RELATIFS A LA

RECONSTITUTION DES ACTES DE L'ÉTAT CIVIL.

(Lois du 10 juillet 1871, des 19 juillet et 23 août 1871;
et du 12 février 1872.)

PARIS,
CHARLES DE MOURGUES FRÈRES,
Imprimeurs de la Préfecture du Département de la Seine,
RUE JEAN-JACQUES-ROUSSEAU, 58.

—

1872.

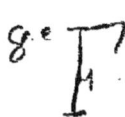

8ᵉ ⌐

25616

8697

2153

NOMINATION DE LA COMMISSION D'ÉTUDE.

Rapport *au Président du Conseil des Ministres,*
Chef du Pouvoir exécutif de la République française.

———

Monsieur le Président du Conseil,

Parmi les désastres occasionnés par l'insurrection qui a dominé Paris et dévasté sa banlieue, il n'en est pas de plus grand, après les violences exercées contre les personnes, que la destruction des registres de l'état civil. Ces archives précieuses de nos familles, que les lois modernes entourent de tant de soins, et dont elles semblaient avoir assuré la conservation pour un avenir sans limites, ont pu être détruites en un seul jour. Deux exemplaires des registres de l'état civil, déposés à l'Hôtel de Ville et au Palais de Justice, ont été détruits dans l'incendie de ces deux monuments. En ce moment, les liens de parenté sont privés de la constatation authentique; les mariages peuvent être contestés, les filiations et l'époque des naissances sont devenues douteuses, des morts trop certaines ne pourraient pas être prouvées.

Le Code civil a prévu que ces faits pouvaient accidentellement se produire.

L'article 46 autorise les parties intéressées à prouver, par titres ou par témoins, la perte des registres. Cette première

1

preuve faite, les mariages, naissances et décès pourront être prouvés, tant par les registres et papiers émanés des pères et mères décédés que par témoins.

On ne peut songer à contraindre toutes les familles de Paris à introduire devant les tribunaux de Paris une instance à l'effet de faire remplacer leurs actes de l'état civil, et, d'un autre côté, combien de familles seraient embarrassées pour se procurer les seules preuves que semble admettre le Code civil ?

Le 2 floréal an III (21 avril 1795), un décret de la Convention prescrivait des règles pour suppléer aux registres de l'état civil, détruits ou perdus depuis le 14 juillet 1789.

Les registres de la ville et d'une partie de l'arrondissement de Soissons ayant été détruits dans le cours des guerres de 1814, une ordonnance royale du 14 janvier 1815 prescrivit les mesures à suivre pour les remplacer.

Mais, dans les deux circonstances que je rappelle, rien ne ressemble à l'immense désorganisation que produit la perte des actes de l'état civil de Paris jusqu'en 1860.

La ressource que fournit la loi pour les cas ordinaires ne pourra évidemment suffire. Un si grand malheur appelle des remèdes nouveaux, d'un emploi plus facile. Nous serons probablement obligés de recourir à l'autorité souveraine de l'Assemblée nationale ; pour diriger cette vaste et nécessaire entreprise, pour apprécier les délicates questions qu'elle présentera, je vous propose, Monsieur le Président, de former une commission que je présiderai et dont le concours me paraît indispensable.

Si vous approuviez mon choix, elle serait composée de :

MM. BEUDANT, professeur de droit civil à la Faculté de Paris ;

COLMET-D'AAGE, doyen de la Faculté de droit de Paris ;

DENORMANDIE, adjoint au maire du 8ᵉ arrondissement;

DUBAIL, maire du 10ᵉ arrondissement ;

FERRY (Émile), adjoint au maire du 9ᵉ arrondissement;

FRÉMYN, notaire;

LEBERQUIER, avocat à la Cour, membre du Conseil de l'ordre;

PELLETIER, directeur à la Préfecture de la Seine;

PICOT, juge suppléant au tribunal de la Seine;

RIBOT, substitut du procureur de la République près le tribunal de la Seine;

ROUSSE, bâtonnier de l'ordre des avocats,

SEBERT, président de la chambre des notaires;

VAUTRAIN, maire du 4ᵉ arrondissement.

MM. PICOT et RIBOT rempliront les fonctions de secrétaires.

Versailles, le 15 juin 1871.

Le Garde des Sceaux, Ministre de la Justice,

J. DUFAURE.

Approuvé :

Le Président du Conseil,
Chef du pouvoir exécutif de la République française,

A. THIERS.

Arrêté *portant* *nomination* *de* *nouveaux* *membres*
de *la* *Commission.*

Le Président du Conseil, Chef du Pouvoir exécutif de la République française,

Sur la proposition du Garde des Sceaux, Ministre de la Justice,

Arrête :

ART. 1er.

Sont nommés membres de la Commission chargée de préparer la reconstitution des actes de l'État civil de la Ville de Paris :

M. BENOIT–CHAMPY, président du Tribunal de première instance de la Seine;

M. HANIN, Substitut du Procureur de la République près le Tribunal de première instance de la Seine;

M. HUSSON, secrétaire général de la Préfecture de la Seine;

M. LEGENDRE, conseiller à la Cour d'appel de Paris.

ART. 2.

Le Garde des Sceaux, Ministre de la Justice, est chargé de l'exécution du présent arrêté.

Fait à Versailles, le 19 juin 1871.

A. THIERS.

Le Garde des Sceaux, Ministre de la Justice,
J. DUFAURE.

LOI DU 10 JUILLET 1871.

Projets de loi

RELATIFS

1° *A la nullité des actes de l'état civil à Paris et dans les autres communes du département de la Seine, depuis le 18 mars 1871;*

2° *Au mode de suppléer à l'acte de naissance dont l'art. 70 du Code civil prescrit la remise* (urgence déclarée);

Présentés par M. THIERS, Chef du Pouvoir exécutif de la République française, Président du Conseil des Ministres, et par M. J. DUFAURE, Garde des Sceaux, Ministre de la Justice. (Renvoi à la Commission chargée d'examiner la proposition de M. Wallon, n° 331, relative aux registres de l'état civil de la Ville de Paris.)

EXPOSÉ DES MOTIFS.

Messieurs,

Nous ne vous indiquerons qu'après un examen plus approfondi les mesures législatives qui peuvent aider à la reconstitution des archives de l'état civil dans le département de la Seine.

Le désastre causé par l'infernal projet de réduire en cendres les monuments les plus remarquables, les dépôts les plus précieux de Paris, n'est que trop connu. On estime que six millions d'actes de l'état civil, conservés en double à l'Hôtel de Ville et au Palais de Justice, ont été consumés par les flammes. Comment les ferons-nous revivre avec leurs dates et leurs énonciations? Quelle authenticité pourrons-nous donner aux registres qui les remplaceront? Graves questions qui devront faire plus tard l'objet des études les plus sérieuses.

Pour le moment nous voulons vous demander de pourvoir à deux nécessités présentes : depuis la date fatale du 18 mars, jour où l'insurrection s'est emparée de Paris, des naissances et des décès ont eu lieu dans Paris et dans les autres communes du département de la Seine; ils ont été constatés par des agents qui tenaient leur pouvoir, soit d'eux mêmes, soit de cette autorité monstrueuse qui s'appelait la « Commune ». Sous les auspices des mêmes agents ont été contractés près de mille mariages ; ils ont reçu quelques centaines de reconnaissances d'enfants naturels. Il est impossible d'attribuer à ces actes aucune autorité ; à quelque époque qu'ils fussent plus tard produits devant les tribunaux, ils seraient incontestablemeut annulés ; mieux vaut en reconnaître immédiatemeut la nullité et aviser aux moyens de les remplacer; l'œuvre sera singulièrement facilitée par la promptitude de l'exécution.

Tel est l'objet du premier projet de loi que le Gouvernement a l'honneur de vous soumettre.

Le second projet de loi a pour but de lever une difficulté qui se présente tous les jours dans les mairies de Paris.

Aux termes des articles 70 et 71 du Code civil, le maire doit se faire remettre l'acte de naissance de chacun des futurs époux; à défaut d'acte de naissance, un acte de notoriété contenant la déclaration de sept témoins devant un juge de paix. Les actes de naissance sont détruits. Dans un très-grand nombres de familles on aurait de la peine à réunir sept témoins pour constater l'époque de la naissance.

La loi que nous vous proposons permettrait aux futurs conjoints de produire et aux maires d'accepter d'autres modes de preuves : l'affirmation des ascendants ou des époux eux-mêmes, pourvu qu'il vînt s'y joindre d'autres documents qui rendent leurs affirmations vraisemblables, des bulletins délivrés par les mairies au moment où elles reçurent la déclaration de la naissance, des mentions expresses dans des actes authentiques postérieurs, les actes de baptême, tenus généralement avec régularité par les ministres des cultes catholique et protestant, etc., etc. L'officier de l'état civil sera le juge des équivalents qui lui seront ainsi produits. Sa prudence l'avertira assez de ne pas admettre légèrement des affirmations qui ne dissimuleraient pas longtemps la nullité du mariage auquel il aurait présidé.

Des difficultés analogues peuvent se présenter, lorsqu'il est nécessaire de constater le décès des père et mère... nous vous proposons de suivre en ce cas l'avis du Conseil d'État du 4 thermidor an XIII.

Il est bien entendu, Messieurs, que les mesures proposées à votre examen ont un but restreint : constater régulièrement des faits ou des conventions qui étaient incertains par suite de l'incompétence du prétendu officier de l'état civil qui les avait constatés, et fournir un mode de preuve plus facile des naissances et des décès, dont la connaissance importe pour contracter un mariage valable. Nous ne voulons du reste atteindre, en aucune manière, les règles si essentielles auxquelles nos lois ont soumis la constitution de la famille et l'état de chaque citoyen.

Nous demandons l'urgence pour les deux projets, et le renvoi à la commission déjà chargée d'examiner une proposition de l'honorable M. Wallon.

Premier projet de loi.

Le Président du Conseil, chef du pouvoir exécutif de la République française, propose à l'Assemblée le projet de loi suivant, qui lui sera présenté par le Garde des Sceaux, Ministre de la Justice, chargé d'en exposer les motifs et d'en soutenir la discussion.

ART. 1er.

Les actes de l'état civil reçus depuis le 18 mars, à Paris et dans les autres communes du département de la Seine, les mentions inscrites depuis la même époque en marge des registres, par tous autres que les officiers compétents, sont déclarés nuls.

Ils seront bâtonnés et mention de la nullité sera faite en marge.

Il ne pourra en être délivré aucune expédition.

ART. 2.

Les déclarations de naissances faites après le 18 mars devront être renouvelées sous les peines portées en l'article 348 du Code pénal, dans le délai de trente jours à partir de la promulgation de la présente loi, devant l'officier de l'état civil, qui en dressera acte, sur un registre spécial, en présence de deux témoins.

Les naissances qui n'auraient pas été déclarées dans le délai de l'article 55 du Code civil, ou dont les déclarations n'auraient pas été renouvelées dans le délai prescrit par l'article précédent, ne pourront être constatées qu'en vertu de jugements rendus en chambre du conseil, à la requête, soit du ministère public, soit des parties intéressées.

ART. 3.

Les reconnaissances d'enfants naturels, faites devant tout autre qu'un officier public compétent, devront être renouvelées dans le même délai de trente jours.

En cas de décès des auteurs desdites reconnaissances, ou faute par eux de se présenter dans le délai prescrit, le tribunal pourra, à la requête du ministère public ou des parties intéressées, ordonner la transcription sur le registre mentionné en l'article 2 des actes déclarés nuls par l'art. 1er de la présente loi.

La transcription ainsi opérée assurera à la reconnaissance ses effets à la date du premier acte.

Art. 4.

Dans le même délai, il sera dressé acte par l'officier de l'état civil, sur le registre mentionné en l'article 2, des décès survenus postérieurement au 18 mars, et dont il n'existerait pas d'actes réguliers, sur le vu du certificat du médecin qui aura constaté la mort, et en présence de deux témoins.

En l'absence du certificat exigé par le paragraphe précédent, les actes de décès ne pourront être dressés qu'en vertu d'un jugement.

Art. 5.

Les actes de mariages déclarés nuls par l'article 1er de la présente loi seront transcrits dans le même délai de 30 jours, à partir de la promulgation de la présente loi, par l'officier de l'état civil, sur le registre mentionné en l'article 2, en présence des parties et de quatre témoins.

En cas de décès des époux ou de l'un d'eux, ou faute par eux de se présenter dans le délai prescrit, le tribunal pourra, à la requête du ministère public ou des parties intéressées, ordonner la transcription sur le registre mentionné en l'article 2, des actes déclarés nuls.

La transcription assurera au mariage, à la date du premier acte, tous les effets civils, tant à l'égard des époux qu'à l'égard des enfants issus du mariage.

Art. 6.

Les témoins appelés aux termes des art. 2, 4 et 5 seront, autant que possible, ceux qui auront figuré aux actes déclarés nuls.

Art. 7.

Les actes et jugements auxquels donnera lieu l'exécution de la présente loi seront visés pour timbre et enregistrés gratis. Le ministère d'avoué ne sera pas obligatoire dans le cas où le tribunal ordonnerait la mise en cause des parties intéressées ; elles seront appelées par simples lettres chargées.

Deuxième projet de loi.

Le Président du Conseil, Chef du Pouvoir Exécutif de la République Française, propose à l'Assemblée nationale le projet de loi suivant, qui lui sera présenté par le Garde des Sceaux, Ministre de la Justice, chargé d'en exposer les motifs et d'en soutenir la discussion.

Art. 1er.

Provisoirement, et jusqu'à ce que les actes de l'état civil du département de la Seine aient été reconstitués, il pourra être suppléé à l'acte de naissance dont l'art. 70 du Code civil prescrit la remise, par l'attestation des père et mère, des aïeuls et aïeulés dont le consentement ou conseil est requis, jointe à une pièce ou un document rendant vraisemblable la date de naissance indiquée.

En cas de décès des père et mère, aïeuls et aïeules, il pourra être procédé à la célébration du mariage sur la déclaration des futurs époux, quant à l'époque de leur naissance, jointe à une pièce ou à un document quelconque rendant vraisemblable la date indiquée et certifiée par les témoins du mariage.

Art. 2.

Jusqu'à la reconstitution desdits registres, il pourra être suppléé de la manière indiquée par le Conseil d'Etat du 4 thermidor an XIII, aux actes de décès des père et mère, aïeuls et aïeules, que les futurs époux seraient dans l'impossibilité de produire par suite de l'incendie du Palais de Justice, de l'Hôtel de Ville de Paris et des mairies suburbaines.

Art. 3.

Dans les cas prévus par les articles précédents, l'officier de l'état civil fera mention, dans l'acte de mariage, des attestations ou déclarations qu'il aura reçues et des pièces ou documents produits à l'appui.

Rapport *fait au nom de la Commission chargée d'examiner la proposition de M. Wallon et le projet du Gouvernement, relatifs au mode de suppléer aux actes de l'état civil de Paris, détruits par l'incendie durant la dernière insurrection* (urgence déclarée), *par M. WALLON, membre de l'Assemblée nationale.*

Messieurs,

Entre tous les désastres que le passage de la Commune a fait subir à Paris, celui qui frappera le moins les yeux de l'étranger, mais qui restera le plus sensible aux familles parisiennes, le plus irréparable, le seul vraiment irréparable, c'est la destruction des actes de l'état civil. Par une fatalité inouïe, ou plutôt par une combinaison scélérate, les deux dépôts où étaient gardés les registres que la loi ordonne de tenir en double pour les soustraire à toute chance de destruction, ont été en même temps livrés aux flammes. Le dépôt de l'Hôtel de Ville, où l'on avait cru bon, en 1860, de réunir les registres des communes annexées et des anciens arrondissements groupés alors en arrondissements nouveaux, a été entièrement réduit en cendres. Du dépôt du Palais de Justice, il est resté douze ou quinze registres, à demi dévorés par le feu ; mais ils se rapportent à la période postérieure à 1860 et, par conséquent, ne donnent rien qu'on n'ait déjà aux mairies nouvelles. Tout ce qui précède 1860 a donc péri, et les registres de municipalités, et leurs aînés les registres de paroisses recueillis par l'autorité civile le jour où l'autorité religieuse perdit le droit de les tenir. Ainsi le pouvoir qui se disait par excellence, la Commune de Paris, a voulu, en finissant, et su ravir aux Parisiens leurs titres d'origine. Mais qu'importait à ces hommes, tous étrangers à la grande cité, de jeter au feu les archives de son histoire domestique ? ou plutôt quel coup de maître pour ces ennemis de tout ordre social que de frapper tout en une fois la famille et la propriété !

Comment remédiera-t-on à une pareille catastrophe ? On pourra, lorsqu'on aura quelques centaines de millions disponibles, rétablir dans leur ancien état le Palais de Justice, l'Hôtel de Ville, même le Palais Royal et les Tuileries ; on ne rétablira point ainsi les archives de l'état civil. La Commission que M. le Garde des Sceaux vient d'instituer, si pratique et si savante qu'elle soit, devra, à cet égard, se reconnaître impuissante. Elle ne refera pas ces registres des paroisses, qui contenaient l'histoire des vieilles familles parisiennes — histoire généalogique qui, à Paris, intéressait en plus d'un point l'histoire même de la France. Elle ne refera même pas ces registres que le pouvoir civil succédant à l'autorité religieuse, en cette matière, avait dressés avec tant de soin. Elle pourra bien, en fouillant les archives des administrations, en consultant les cartons des notaires et autres officiers publics, en faisant appel aux particuliers, recueillir bon nombre d'expéditions authentiques. Avec cela on composera des portefeuilles; on ne reformera pas des registres. On composera des portefeuilles qui se grossiront de plus en plus à force de recherches, de patience et de temps, mais qui n'étant jamais complets ne pourront jamais être clos. La seule manière de former des registres sera encore de recourir à ceux qui, pour n'être plus officiels, n'en sont pas moins tenus par les ministres des différents cultes. C'est là qu'on trouvera les indications les plus précises, les plus complètes et les seules continues sur les naissances et les mariages. Quant aux décès, à défaut de ces registres, qui ont cessé d'être tenus régulièrement, on aura les registres des cimetières dressés sur les mandats d'inhumation délivrés par le maire, et les tables de décès rédigées par l'administration des domaines sur les tableaux qui lui sont envoyés par les mairies ; les premiers contenant la date de l'inhumation, les noms et prénoms des défunts, leur âge et leur arrondissement, sinon leur domicile ; les autres présentant par ordre alphabétique, et selon cet ordre, par jours, mois et années, les noms et prénoms des morts, la

date et le lieu de leur décès, leur âge, avec l'annotation de
« célibataire, marié ou veuf, » et quelquefois le lieu de leur
domicile. Les déclarations de succession, comme aussi les registres des hôpitaux, ajouteront à ces indications des données
plus précises, mais dans un cadre moins général.

Quand nous signalons les difficultés qui se rencontrent et
les moyens qui s'offrent pour la reconstitution des registres de
l'état civil de Paris, nous ne prétendons pas empiéter sur le
domaine assigné à la Commission de M. le Garde des Sceaux.
En montrant l'étendue de sa tâche, la longueur de son entreprise, et quel en pourra être le résultat, nous expliquons pourquoi on n'a pas cru pouvoir l'attendre; ce travail, qu'on ne
se fasse pas illusion, pourra durer des années. Il ira se com-
plétant toujours sans pouvoir jamais s'achever. On s'arrêtera,
non quand on aura fini, mais quand on aura désespéré d'aller
plus loin; il fallait donc prendre des mesures provisoires. Car
ce n'est pas seulement le passé qui est frappé dans ce qu'il y a
de plus respectable, dans la pierre du foyer, dans ce que les
anciens appelaient la religion des ancêtres; c'est le présent qui
est atteint et l'avenir menacé. La vie civile est comme suspen-
due. On naît, on meurt toujours : il n'est besoin pour cela de
permission; mais le mariage est entravé. Pour se marier, en
effet, il faut produire son acte de naissance, et si les parents
sont morts, les actes de décès des parents. Or, les moyens
prévus par le Code pour les cas exceptionnels où les registres
étant perdus, les extraits ne peuvent être produits, exigent des
formalités telles que plusieurs y trouveraient de véritables
empêchements au mariage ou des prétextes pour s'en passer.

C'est afin de prévenir ce mal que vous a été faite la proposition dont vous avez voté l'urgence, et pour laquelle vous nous
avez nommés commissaires. Cette proposition allant droit au
moyen le plus large, le plus facile et le plus sûr de réparation,
portait :

« En attendant que les registres de l'état civil de Paris et
« des anciennes communes suburbaines, détruits par le feu du-
« rant la dernière insurrection, soient régulièrement rétablis,

« les actes de naissance, de mariage et de décès antérieurs à
« 1860, pourront être suppléés par des extraits des registres
« qui sont dressés par les ministres des différents cultes. »

L'auteur ne se dissimulait pas ce qu'elle avait d'incomplet
en cette forme. Il l'avait étendue lui-même et d'heureuses
modifications y avaient déjà été apportées par la Commission,
lorsque M. le Garde des Sceaux déposa ses deux projets de loi
sur les actes de l'état civil de Paris, et demanda qu'ils nous
fussent renvoyés. La Commission s'en est occupée sans retard;
et prenant d'abord celui qui répondait à la pensée de la proposition soumise à son examen, elle en a fait la base du projet
qu'elle vous présente.

Dans l'article 1er, elle propose un amendement qu'elle
croit d'ailleurs conforme aux intentions du Gouvernement. En
admettant comme premier moyen de preuve l'attestation des
pères et mères, aïeuls et aïeules, elle remplace ces mots,
« dont le consentement ou conseil est requis, » par les suivants, « présents au mariage. » Il ne faut pas que le refus
d'attestation, ou l'absence volontaire des parents, alors que
leur volonté ne pourrait pas faire un obstacle légal au mariage,
rende impossible le moyen de preuve que la loi nouvelle veut
offrir aux époux en remplacement de l'acte de naissance détruit. Quant aux pièces qui, jointes à l'attestation des parents,
tiendront lieu d'acte de naissance pour la célébration du mariage, la Commission a cru bon de mentionner deux de celles
que M. le Garde des Sceaux a indiquées dans son rapport; et
elle l'a fait, non dans une pensée de limitation, mais pour signaler, je ne dis pas aux officiers municipaux, mais aux familles
celles qui, sans exclusion des autres, pourront être le plus
communément d'usage.

Les modifications du second paragraphe ne sont pas la conséquence de celles qui ont été introduites dans le premier.

A ces deux paragraphes la Commission en ajoute un troisième.

Il se pourrait que les familles n'eussent à leur disposition
aucune des pièces auxquelles la loi fait allusion. Dans ce cas,

la Commission propose de revenir à l'acte de notoriété sim-
plifié dans sa forme, allégé de ses frais et dispensé de l'homologation.

La Commission adopte l'article 2 avec une rédaction nouvelle, et l'article 3 dans la forme proposée par le Gouvernement.

Cet article 3 est le complément de ce qui touche le mariage,
mais la Commission n'a pas cru pouvoir s'en tenir là.

La proposition dont elle avait été saisie d'abord avait un caractère plus général quant au but, bien que plus limitée quant
aux moyens. La Commission a adopté ce qu'elle avait de plus
général dans sa portée. Ce n'est pas seulement pour la célébration des mariages que les actes de l'état civil sont indispensables et que la destruction des registres de Paris va jeter une
multitude de familles dans l'embarras. Nous ne parlons pas de
l'entrée dans les administrations ou dans les écoles, de l'admission aux concours, de l'obtention des grades universitaires,
choses pour lesquelles la production de l'acte de naissance est
exigée. A cet égard, les ministres sauront bien, sans que la
loi en parle, tempérer dans le même esprit par arrêté, ce que
d'autres arrêtés ont prescrit. C'est matière d'ordonnance. Mais
il y a d'autres circonstances où les arrêtés ministériels pourraient ne point paraître suffisants. La Commission a pensé que,
pour tous ces cas, il fallait s'en tenir aux dispositions de l'article 46 du Code civil, mais en simplifiant les procédures et en
supprimant les frais, selon l'esprit qui a inspiré M. le Garde des
Sceaux dans la présentation de ses deux projets réparateurs et
conformément au texte même de l'article 7 du premier. Tel est
l'objet de l'article 4, que nous avons ajouté au second.

En conséquence, la Commission vous propose d'adopter le
projet du Gouvernement modifié comme il suit :

Projet du Gouvernement.

ART. 1er.

Provisoirement, et jusqu'à ce que les actes de l'état civil aient été reconstitués, il pourra être suppléé à l'état de naissance dont l'article 70 du Code civil prescrit la remise par l'attestation des pères et mères, des aïeuls et aïeules dont le consentement est requis, joint à une pièce ou à un document rendant vraisemblable la date de naissance indiquée.

En cas de décès des pères et mères, aïeuls et aïeules, il pourra être procédé à la célébration du mariage sur la déclaration des futurs époux, quant à l'époque de leur naissance, jointe à une pièce ou à un document quelconque, rendant vraisemblable la date indiquée et certifiée par les témoins du mariage.

ART. 2.

Jusqu'à la reconstitution desdits registres, il pourra être suppléé de la manière indiquée par l'avis du Conseil d'Etat du 4 thermidor an XIII, aux actes de décès des pères et mères, aïeuls et aïeules, que les futurs époux seraient dans l'impossibilité de produire par suite de l'incendie du Palais de Justice, de l'Hôtel de Ville de Paris et des mairies suburbaines.

ART. 3.

Dans les cas prévus aux articles précédents, l'officier de l'état civil fera mention, dans l'acte de mariage, des attestations ou déclarations qu'il aura reçues et des pièces ou documents produits à l'appui.

Projet de la Commission.

Art. 1er.

Provisoirement, et jusqu'à ce que les actes de l'état civil du département de la Seine, détruits par le feu durant la dernière insurrection, aient été reconstitués, l'acte de naissance dont l'article 70 du Code civil prescrit la remise et que les futurs époux, par suite de cette destruction des registres, seraient dans l'impossibilité de produire, pourra être suppléé par l'attestation des pères et mères, aïeuls et aïeules présents au mariage, jointe soit au bulletin délivré par les maires au moment de la déclaration de la naissance, soit à l'extrait des registres tenus par les ministres des différents cultes, soit à toute autre pièce ou document rendant vraisemblable la date de la naissance indiquée.

En cas de décès des pères et mères, aïeuls et aïeules, ou si aucun d'eux n'assiste au mariage, il pourra être procédé à la célébration sur la déclaration des futurs époux ; quant à l'époque de leur naissance, jointe à quelqu'une des pièces mentionnées ci-dessus, rendant vraisemblable la date de la naissance indiquée et certifiée par les témoins du mariage.

A défaut de toute espèce d'acte ou de tout document rendant vraisemblable la date de la naisssance, il y sera suppléé par un acte de notoriété, dressé par le juge de paix, soit du domicile, soit du lieu de naissance, sur la déclaration de quatre témoins de l'un ou de l'autre sexe, parents ou non parents. Cet acte de notoriété sera délivré en minute, visé pour timbre, enregistré gratis et affranchi de toute homologation.

Art. 2.

Jusqu'à la reconstitution desdits registres, il pourra être

suppléé à leurs extraits, quant aux actes de décès des pères
et mères, aïeuls et aïeules, par la déclaration à serment des
futurs époux et des quatre témoins, selon les formes indiquées
par l'avis du Conseil d'État du 4 thermidor an XIII.

Art. 3.

Dans les cas prévus aux articles précédents, l'officier de
l'état civil fera mention, dans l'acte de mariage, des attestations
ou déclarations qu'il aura reçues et des pièces ou documents
produits à l'appui.

Art. 4.

Provisoirement, et jusqu'à ce que les actes de l'état civil du
département de la Seine aient été reconstitués, les procédures
intentées aux termes de l'article 46 du Code civil, relativement aux naissances, mariages ou décès dont la preuve
aurait été détruite par les causes indiquées ci-dessus, seront
dispensées des frais d'enregistrement et de timbre. Le ministère d'un avoué ne sera pas obligatoire. Dans le cas où le tribunal croirait devoir faire comparaître des parties intéressées
ou des témoins, le greffier les appellerait par simples lettres
chargées.

Extrait *du compte-rendu sténographique de la séance de l'Assemblée nationale du 10 juillet 1871.*

———

M. LE PRÉSIDENT. L'ordre du jour appelle la discussion de la proposition de M. Wallon et du projet du Gouvernement, relatifs au mode de suppléer aux actes de l'état civil, à Paris, détruits dans la dernière insurrection.

L'Assemblée a déjà déclaré l'urgence.

Quelqu'un demande-t-il la parole sur la discussion générale ?...

Personne ne demandant la parole, je consulte l'Assemblée pour savoir si elle entend passer à la discussion des articles.

(L'Assemblée, consultée, décide qu'elle passe à la discussion des articles.)

M. LE GARDE DES SCEAUX. Le Gouvernement adhère aux propositions de la Commission.

M. LE PRÉSIDENT. Je prie M. le rapporteur de vouloir bien donner lecture des articles ; ils ne soulèvent point, je crois, d'observations, et M. le Garde des Sceaux déclare qu'il accepte la rédaction de la Commission.

M. WALLON, *rapporteur* :

ÀRT. 1er.

« Provisoirement et jusqu'à ce que les actes de l'état civil du département de la Seine, détruits par le feu durant la dernière insurrection, aient été reconstitués, l'acte de naissance dont l'article 70 du Code civil prescrit la remise et que les futurs époux, par suite de cette destruction des registres, seraient dans l'impossibilité de produire, pourra être suppléé par l'attestation des père et mère, aïeuls et aïeules présents au mariage, jointe soit au bulletin délivré par les maires au moment de la déclaration de la naissance, soit à l'extrait des registres tenus par les ministres des différents cultes, soit à toute autre pièce ou document rendant vraisemblable la date de la naissance indiquée.

« En cas de décès des père et mère, aïeuls et aïeules, ou si aucun d'eux n'assiste au mariage, il pourra être procédé à la célébration sur la déclaration des futurs époux quant à l'époque de leur naissance, jointe à quelqu'une des pièces mentionnées ci-dessus, rendant vraisemblable la date indiquée et certifiée par les témoins du mariage.

« A défaut de toute pièce ou de tout document rendant vraisemblable la date de la naissance, il y sera suppléé par un acte de notoriété, dressé par le juge de paix, soit du domicile, soit du lieu de la naissance, sur la déclaration de quatre témoins de l'un ou de l'autre sexe, parents ou non parents. Cet acte de notoriété sera délivré en minute, visé pour timbre, enregistré gratis et affranchi de toute homologation. »

(L'article 1er est mis aux voix et adopté.)

M. LE RAPPORTEUR :

ART. 2.

« Jusqu'à la reconstitution desdits registres, il pourra être suppléé à leurs extraits, quant aux actes de décès des père et mère, aïeuls et aïeules, par la déclaration à serment des futurs époux et des quatre témoins, selon les formes indiquées par l'avis du Conseil d'État du 4 thermidor an XIII. »

Je demande à faire une observation.

La Commission, Messieurs, d'accord avec le Gouvernement, demande dans cet article la suppression des mots « à serment » et propose de dire seulement : « La déclaration des futurs époux. »

Elle a pensé, comme le Gouvernement, que la déclaration

en cette forme solennelle suffisait ; il ne faut pas, sans une nécessité absolue, demander le serment (Appuyé ! appuyé !)

M. LE PRÉSIDENT.

Je mets aux voix l'article 2 ainsi modifié.

(L'article 2, ainsi modifié, mis aux voix, est adopté.)

M. LE RAPPORTEUR :

ART. 3.

Dans les cas prévus aux articles précédents, l'officier de l'état civil fera mention, dans l'acte de mariage, des attestations ou déclarations qu'il aura reçues et des pièces ou documents produits à l'appui. » (Adopté.)

ART. 4.

« Provisoirement et jusqu'à ce que les actes de l'état civil du département de la Seine aient été reconstitués, les procédures intentées, aux termes de l'article 46 du Code civil, relativement aux naissances, mariages ou décès dont la preuve aurait été détruite par les causes indiquées ci-dessus, seront dispensées des frais d'enregistrement et de timbre. Le ministère d'un avoué ne sera pas obligatoire. Dans le cas où le tribunal croirait devoir faire comparaître des parties intéressées ou des témoins, le greffier appellerait par simples lettres chargées. (Adopté.)

M. DAGUENET. Je demande la parole pour un article additionnel.

M. LE PRÉSIDENT. Vous avez la parole.

M. DAGUENET. Messieurs, nous discutons une législation provisoire. Quel en sera le terme ? Le projet de loi essaie de le dire : ce sera la reconstitution des actes de l'état civil de Paris.

Ce projet de loi contient des dispositions de faveur, des dispositions exceptionnelles, exorbitantes, impérieusement com-

mandées, je le reconnais par la situation, par l'incendie des
actes de l'état civil de Paris ; il contient une dérogation formelle au droit commun en matière d'état civil des personnes.
Eh bien, par cela même qu'il est une dérogation au droit
commun, il importe d'en déterminer le caractère provisoire,
d'en fixer la durée, d'en dire le terme et d'indiquer, sans
équivoque et d'une manière précise, le jour où ces dispositions
exceptionnelles deviendront caduques.

Voici dans quelle situation un peu complexe va se trouver
l'Assemblée, en ce qui concerne cette question des actes de
l'état civil de Paris ; aujourd'hui nous discutons un projet provisoire pour remplacer les actes détruits par l'incendie ; bien-
tôt, car le rapport est, je crois, déjà déposé, vous aurez à discuter un second projet pour annuler les actes dressés par les
soi-disant officiers de l'état civil de la Commune de Paris, et
pour pourvoir à leur remplacement par la transcription faite
par les officiers de l'état civil compétents et ayant pour cela
toute autorité.

Ce n'est pas tout. Dans quelques jours, vous aurez encore à
discuter et à apprécier, dans un troisième projet, les moyens
de remplacer d'une manière définitive les registres de l'état civil de Paris qui ont été incendiés.

M. le Garde des Sceaux a institué, il y a quelques jours, une
grande Commission à Paris ; mais pour étudier et préparer les
éléments de ce dernier projet, quels que soient le dévouement
et l'habileté de cette Commission, et je ne doute assurément ni
de l'un ni de l'autre, le travail sera long ; aucune disposition de
ces divers projets ne détermine d'une manière précise quelle
sera la durée des dispositions du projet actuel.

Il me semble donc qu'il y a sur ce point insuffisance et absence de constatation légale dans le projet, et je crois qu'il serait bon de procéder sur la question actuelle comme vous l'a-
vez fait, par exemple, pour la loi des échéances et par cette
loi ayant pour objet de régler la situation des biens soustraits
pendant le règne de la Commune de Paris. Vous avez décidé
alors que les protêts ne pourraient être signifiés que dans les

dix jours de la reprise des affaires. Dans la loi concernant les biens soustraits à l'État ou aux particuliers par les auteurs ou complices de l'insurrection, vous avez établi que le laps de temps pour la revendication de ces biens ne courrait que du jour où l'insurrection serait définitivement terminée.

Mais en même temps, et c'est le procédé que j'ai à vous rappeler, vous avez décidé que cette reprise des affaires, que cette fin de l'insurrection serait constatée par une déclaration du gouvernement insérée au *Journal officiel*.

Eh bien, je crois qu'il y a lieu de procéder ici d'une manière analogue et de déclarer que la reconstitution des actes de l'état civil sera constatée par une déclaration formelle du gouvernement et insérée au *Journal officiel*.

Je prie l'Assemblée de remarquer, comme je l'ai déjà dit en commençant, qu'il s'agit ici de dispositions exorbitantes et tout à fait exceptionnelles. L'acte de l'état civil, l'acte de naissance par exemple, serait remplacé par un document dont la vraisemblance et la valeur seraient appréciées par tout officier de l'état civil, dans n'importe quel village ; les actes de décès seraient remplacés par une disposition empruntée à un arrêté du Conseil d'Etat de l'an XIII contraire aux dispositions du Code, et, chose beaucoup plus grave, sur laquelle j'appelle l'attention de l'Assemblée, le Code civil lui-même, en ce qui touche l'acte de notoriété, est modifié par une disposition du projet, non-seulement en ce qui touche les frais, ce dont je me consolerais, mais en ce qui concerne l'essence même de cet acte, puisqu'il est affranchi de l'homologation des tribunaux et que le nombre des témoins est réduit à quatre.

Je pense, en résumé, Messieurs, qu'il y a lieu d'adopter les dispositions du projet qui vous est présenté, car, dans la situation actuelle, les désastres de l'incendie jettent un trouble profond dans les affaires et dans les rapports de famille dont les liens sont impossibles à constater d'une manière légale.

Mais en même temps, je demande que ce projet de loi, par cela même qu'il présente un caractère d'exception, de privilége, de faveur exorbitante, ait une durée limitée, fixée par une disposition formelle, afin que les dispositions que vous allez voter n'en viennent pas à pénétrer, par abus ou ignorance, dans notre droit commun, ce qui pourrait arriver en ce qui touche les actes de notoriété.

Voici l'article additionnel que je propose :

« La reconstitution des actes de l'état civil à Paris sera constatée par une déclaration du Gouvernement insérée au *Journal officiel.*

Je ferai remarquer à l'Assemblée que cette disposition n'est autre chose que la reproduction de la formule que vous avez adoptée sur la loi des échéances et des biens soustraits pendant le règne néfaste de la Commune à Paris (Mouvements divers).

M. DUFAURE, *Garde des Sceaux.* Messieurs, l'article qui est présenté par l'honorable M. Daguenet, et que je ne connaissais pas, — je ne sais même s'il a été présenté à la Commission, — ne me paraît avoir absolument aucun inconvénient, et je ne verrais aucune difficulté à l'admettre. Je voudrais seulement soumettre une réflexion à l'Assemblée.

Il est possible que, dans l'œuvre de la reconstitution des registres de l'état civil pour la ville de Paris, on divise le travail en périodes déterminées ; que, par exemple, ayant le registre depuis 1860, on s'attache d'abord à rétablir les actes de l'état civil pour les dix années précédentes. Dans ce cas, on ne pourrait pas dire que les registres de l'état civil de Paris sont entièrement reconstitués, et cependant de ce moment il y aurait une reconstitution partielle et, pour la période qu'elle embrasserait, la loi exceptionnelle pourrait n'être plus appliquée.

S'il y avait lieu d'accepter l'amendement de M. Daguenet, il faudrait qu'il indiquât que le Gouvernement, lorsqu'il croira qu'une période du registre de l'état civil a été suffisamment rétablie, le déclarera par un avis inséré au *Journal officiel,* et que, pour cette période, l'application du droit commun suffira.

Mais, en vérité, je ne crois pas que cela soit d'une nécessité absolue. Personne n'aura envie de profiter de la loi exceptionnelle, lorsqu'on aura l'avantage immense et difficile à obtenir d'avoir des registres de l'état civil parfaitement reconstitués.

(C'est évident! Très-bien!) Et comme, dans les articles de la loi, on a pris soin de dire que la loi exceptionnelle n'était applicable que jusqu'au moment où les registres de l'état civil seraient reconstitués, je crois que la loi se suffit à elle-même, et qu'il est inutile d'adopter l'article. (Marques d'assentiment.) Néanmoins, si l'Assemblée veut l'adopter, je n'y vois aucun inconvénient, sinon peut-être, l'ajournement du vote de la loi, dans le cas où, l'article nous étant inopinément proposé, on serait obligé de le renvoyer à la Commmission.

Je vous prie, Messieurs, de considérer que cette loi est utile à tous les moments, qu'il s'agit d'actes qui se passent tous les jours, qu'il n'y a pas un maire de Paris aujourd'hui, au moment où nous parlons, qui n'attende la promulgation de la loi que nous vous demandons de voter. Aussi l'Assemblée voudra bien reconnaître avec nous qu'il n'y a pas lieu d'ajourner le vote de la loi pour un article qui n'a pas une absolue nécessité. Néanmoins, je lui déclare que je ne m'y oppose pas, pourvu que la Commission veuille l'examiner immédiatement, pour permettre à l'Assemblée de voter aujourd'hui même. (Très-bien! très-bien! — Aux voix! aux voix!)

M. LE PRÉSIDENT. Aux termes du nouvel article 87 du règlement, il est impossible de mettre aux voix immédiatement l'article additionnel proposé par M. Daguenet. Il a été présenté dans le cours de la discussion, et l'Assemblée doit statuer sans débat sur la prise en considération de l'amendement ; en cas de prise en considération, il sera renvoyé à la Commission. Je vais donc consulter l'Assemblée sur la prise en considération.

M. DAGUENET. Comme je ne veux pas retarder le vote de la loi, je déclare retirer mon amendement.

M. LE PRÉSIDENT. M. Daguenet retirant sa proposition...

M. DAGUENET. En raison seulement de l'urgence de la loi, car au fond je persiste à penser que ma proposition est utile.

M. LE PRÉSIDENT. Je consulte l'Assemblée sur l'ensemble de la loi.

L'Assemblée, consultée, adopte la loi dans son ensemble.

Loi du 10 juillet 1871.

Versailles, 11 juillet 1871.

L'Assemblée nationale a adopté, le Président du Conseil des Ministres, chef du pouvoir exécutif de la République française promulgue la loi dont la teneur suit :

ART. 1er.

Provisoirement et jusqu'à ce que les actes de l'état civil du département de la Seine, détruits par le feu durant la dernière insurrection, aient été reconstitués, l'acte de naissance dont l'art. 70 du Code civil prescrit la remise et que les futurs époux, par suite de cette destruction des registres, seraient dans l'impossibilité de reproduire, pourra être suppléé par l'attestation des père et mère, aïeuls et aïeules présents au mariage, jointe soit au bulletin délivré par les maires au moment de la déclaration de la naissance, soit à l'extrait des registres tenus par les ministres des différents cultes, soit à toute autre pièce ou document rendant vraisemblable la date de la naissance indiquée.

En cas de décès des père et mère, aïeuls ou aïeules, ou si aucun d'eux n'assiste au mariage, il pourra être procédé à la célébration sur la déclaration des futurs époux quant à l'époque de leur naissance, jointe à quelqu'une des pièces mentionnées ci-dessus, rendant vraisemblable la date indiquée et certifiée par les témoins du mariage.

A défaut de toute pièce ou de tout document rendant vraisemblable la date de la naissance, il y sera suppléé par un acte de notoriété, dressé par le juge de paix soit du domicile, soit du lieu de la naissance, sur la déclaration de quatre témoins de l'un ou de l'autre sexe, parents ou non parents. Cet acte de notoriété sera délivré en minute, visé pour timbre, enregistré gratis et affranchi de toute homologation.

ART. 2.

Jusqu'à la reconstitution desdits registres, il pourra être

suppléé à leurs extraits, quant aux actes de décès des père et mère, aïeuls et aïeules, par la déclaration des futurs époux et des quatre témoins, selon les formes indiquées par l'avis du Conseil d'État du 4 thermidor an XIII.

ART. 3.

Dans les cas prévus aux articles précédents, l'officier de l'état civil fera mention, dans l'acte de mariage, des attestations ou déclarations qu'il aura reçues et des pièces ou documents produits à l'appui.

ART. 4.

Provisoirement et jusqu'à ce que les actes de l'état civil du département de la Seine aient été reconstitués, les procédures intentées aux termes de l'art. 46 du Code civil, relativement aux naissances, mariages ou décès dont la preuve aurait été détruite par les causes indiquées ci-dessus, seront dispensées des frais d'enregistrement et de timbre. Le ministère d'un avoué ne sera pas obligatoire. Dans le cas où le tribunal croirait devoir faire comparaître des parties intéressées ou des témoins, le greffier les appellera par simples lettres chargées.

Délibéré en séance publique, à Versailles, le 10 juillet 1871.

Le président : Jules GRÉVY.

Les secrétaires : baron DE BARANTE, Paul BETHMONT, N. JOHNSTON, Paul DE RÉMUSAT, vicomte DE MEAUX.

Le Président du Conseil, Chef du Pouvoir exécutif de la République française,

A. THIERS.

Le Garde des Sceaux, Ministre de la Justice,

J. DUFAURE.

Avis du Conseil d'État

Sur les formalités relatives au mariage.

(4 thermidor an xiii. — 23 juillet 1805.)

Le Conseil d'État,

Auquel Sa Majesté a renvoyé un rapport du Grand-Juge, Ministre de la Justice, sur les difficultés que rencontrent beaucoup de mariages dans l'application de divers articles du Code civil ;

Après avoir ouï le rapport de la section de législation;

Considérant que les difficultés naissent de ce que les officiers de l'état civil ne discernent pas assez soigneusement les divers cas que la loi a voulu régler, de ceux qu'elle a laissés à la disposition des principes généraux et du droit commun ;

Que, quoique l'acte de naissance des futurs mariés soit nécessaire, il est pourtant permis de le remplacer par les formalités mentionnées dans l'article 71, mais que ces formalités, prescrites lorsqu'il s'agit de suppléer au titre constitutif de l'état des personnes, ne peuvent être exigées en remplacement d'actes moins essentiels ; qu'il ne faut donc pas, pour remplacer l'acte de décès des pères et mères ou ascendants, un acte de notoriété contenant la déclaration de sept témoins, et homologué par le tribunal ;

Que le supplément naturel de l'acte de décès des pères et mères est dans la présence des aïeuls et aïeules, et dans l'attestation qu'on peut leur demander de ce décès;

Que si, par l'ignorance du lieu où sont décédés les pères et mères et ascendants, on ne peut produire leur acte de décès; que si, comme cela arrive souvent dans les classes pauvres, par l'ignorance du dernier domicile, on ne peut recourir à l'acte de notoriété prescrit par l'article 155, et destiné à constater l'absence d'un domicile connu : dans ce cas la raison suggère de se contenter de la déclaration des témoins ; que déjà, dans beaucoup d'occasions semblables, les officiers de l'état civil de Paris ont procédé aux mariages, sur des actes de notoriété passés ou devant notaires ou devant les juges de paix, par des témoins que les parties ont produits ;

Qu'il n'en est résulté aucun inconvénient ni plainte ; qu'il en est au contraire résulté beaucoup, lorsque, dans des cas pareils, on a voulu être plus rigoureux et exiger davantage ;

Que même, plusieurs fois, on a suivi une voie plus simple et encore moins coûteuse que celle des actes de notoriété, et qui mérite d'être préférée et de devenir générale : on s'est contenté de la déclaration des quatre témoins nécessaires à l'acte de mariage, faite à l'officier public et mentionnée dans cet acte ;

Que cette déclaration, aussi solennelle qu'un acte de notoriété, est sans danger relativement au mariage des majeurs, pour lequel le consentement ou le conseil des ascendants n'est pas d'une nécessité absolue et dirimante ;

Que rien n'est à craindre relativement au mariage des mineurs, puisqu'en force de l'article 160 du Code civil, toutes les fois qu'il n'y a ni pères ni mères, ni aïeuls ou aïeules, ou qu'ils se trouvent dans l'impossibilité de manifester leur volonté, les fils ou filles mineurs de vingt-un ans ne peuvent contracter mariage sans le consentement du conseil de famille ;

Est d'avis,

1° Qu'il n'est pas nécessaire de produire les actes de décès des pères et mères des futurs mariés lorsque les aïeuls ou aïeules attestent ce décès ; et, dans ce cas, il doit être fait mention de leur attestation dans l'acte de mariage ;

2° Que si les pères, mères, aïeuls ou aïeules, dont le consentement ou conseil est requis sont décédés, et si l'on est dans l'impossibilité de produire l'acte de leur décès ou la preuve de leur absence, faute de connaître leur dernier domicile, il peut être procédé à la célébration du mariage des majeurs, sur leur déclaration à serment que le lieu du décès et celui du dernier domicile de leurs ascendants leur sont inconnus. Cette déclaration doit être certifiée aussi par serment des quatre témoins de l'acte de mariage, lesquels affirment que, quoiqu'ils connaissent les futurs époux, ils ignorent le lieu du décès de leurs ascendants et leur dernier domicile. Les officiers de l'état civil doivent faire mention, dans l'acte de mariage, desdites déclarations.

LOIS DES 19 JUILLET ET 23 AOUT 1871.

———

EXPOSÉ DES MOTIFS

(MÊME DOCUMENT QUE POUR LA LOI DU 10 JUILLET.)

Rapport *fait au nom de la Commission chargée d'examiner le projet de loi relatif à la nullité des actes de l'état civil à Paris et dans les autres communes du département de la Seine, depuis le* **18 mars 1871** *(urgence déclarée), par* M. H. WALLON, *Membre de l'Assemblée nationale.*

Messieurs,

L'état civil a une telle importance dans la vie, que le législateur a voulu que tous les actes en fussent marqués d'un caractère public ; et c'est pourquoi il a commis à un officier public la charge d'y présider. Tout acte de ce genre, reçu par un autre, est nul de plein droit ; et ainsi on ne peut accorder aucune valeur légale aux registres qu'en a dressés la Commune à Paris. Mais pouvait-on regarder comme nuls et non avenus les faits qui y sont consignés ?

Parmi les actes de l'état civil, il y a une distinction à faire. Les uns sont des faits accomplis avant que l'officier public les constate : la naissance, la mort ; les autres, des faits qui ne s'accomplissent que par la libre déclaration faite devant lui et dans la forme authentique prescrite par la loi : le mariage, la reconnaissance d'un enfant naturel et aussi l'adoption, dont il n'est pas question ici. Il semblerait, d'après cela, qu'il y aurait un double parti à prendre : maintenir les premiers comme faits accomplis, en se bornant à les transcrire ; supprimer les autres comme nuls jusqu'à ce qu'ils aient été régulièrement recommencés. Cependant, même dans les premiers, les déclarations portent sur des choses d'un tel ordre et ont de telles conséquences que l'on ne peut se contenter de les prendre, comme on les trouve, pour les transcrire ; et quant aux autres, ils ont créé en fait des relations telles, qu'on ne peut se résoudre à les déclarer purement et simplement nuls et de nul effet.

C'est ce qu'a jugé le Gouvernement en vous apportant le projet de loi dont il s'agit. Il n'a pas voulu reconnaître à des hommes sans caractère public la puissance d'imprimer, pour toujours, à la vie civile des citoyens le sceau d'une autorité qu'ils n'avaient pas ; et, d'autre part, en biffant leurs registres, il n'a pas voulu que l'état civil de ceux qui s'y trouvaient inscrits pût être mis sérieusement en péril. Frapper les usurpateurs et sauver la cité, tel est le but qu'il se propose d'atteindre dans l'ordre légal comme il l'a fait dans l'ordre politique.

La Commission, en adoptant pleinement la pensée du Gouvernement, a cru cependant devoir en modifier la rédaction sur un point principal.

Le Gouvernement, voulant frapper les actes en tant qu'ils procèdent d'hommes incompétents, les déclarent nuls par l'article 1er ; puis, par les articles subséquents, et en considération des parties intéressées, il entreprend de les faire revivre : c'est là tout son système. La Commission a craint que la nullité ainsi prononcée par l'article 1er ne pût être suffisamment révoquée, annulée par les autres articles.

Prenons le mariage : et c'est là qu'est toute la difficulté. Le mariage est-il nul comme il est dit en l'article 1er ? Mais, s'il est nul, les époux seront donc libres de convoler chacun de son côté à d'autres noces : car ils pourront ne pas tenir à user du bénéfice de l'article 5 ; et le ministère public pourra (le projet de loi n'est pas autrement impératif) ne pas les y forcer ?

Et comment, si le mariage est nul, les y forcer? Mais le mariage, déclaré nul par l'article 1er, n'est pas nul, et nous en trouvons la preuve dans l'article 5.

Qu'est-ce, en effet, qui constitue le mariage? C'est le libre consentement des deux parties, exprimé par-devant l'officier public et suivi de la déclaration de cet officier qu'elles sont unies par le mariage. Or l'article 5 ne demande aucune célébration nouvelle : ni consentement exprimé, ni déclaration du maire; mais simplement transcription, par l'officier de l'état civil, sur le registre mentionné en l'article 2, en présence des parties et de quatre témoins; et ce n'est pas un défaut de rédaction dans l'article, car au second paragraphe, le nouveau consentement ne peut pas être sous-entendu : on y admet que les époux soient décédés ou ne se présentent pas, et l'on y décide que le tribunal pourra ordonner la transcription, transcription qui assure au mariage, à la date du premier acte, tous ses effets civils. Ces actes, déclarés nuls dans les écritures de la Commune, ne sont donc pas jugés nuls en eux-mêmes, puisque, pour leur donner de la valeur, le consentement, qui est l'essence du mariage, n'a pas besoin d'être renouvelé.

La Commission est entrée dans cet ordre d'idées. Elle a pensé que des époux qui étaient venus contracter mariage dans le lieu ordinaire de ces cérémonies, à la mairie, en présence de ce qui leur paraissait être un officier public, ne pouvaient pas être autorisés, un seul moment, à se croire dégagés de la foi qu'ils s'étaient donnée, et elle s'est rappelé l'arrêt si sage, rendu par la cour de Bastia à la suite d'une révolte qui avait, pendant de longs mois, tenu plusieurs villages isolés de toute autorité légale :

« Attendu que, s'il est vrai que si les sujets qui se mettent en état de guerre contre le souverain sont, jusqu'à l'établissement d'un ordre régulier, dans l'impuissance de changer la législation existante, c'est aussi un principe de droit public et de sage administration que le souverain légitime est censé avoir approuvé et doit maintenir ce qui, pendant la révolte ou l'usurpation, a pu, comme le sont les actes de l'état civil, favoriser l'intérêt de la société et des familles, parce qu'il importe d'éviter un bouleversement dont les conséquences seraient plus funestes que le mal qu'il s'agirait de réparer et qu'on ne ferait qu'irriter. »

C'est pour des raisons pareilles que la Commission, s'attachant avant tout à ce qui est la pensée du Gouvernement et l'objet de la loi, supprime la mention de nullité dans l'article 1er, et se borne à dire, en retranchant trois mots : « Les actes de l'état civil seront bâtonnés. » Et pour qu'on en sache la cause, elle ajoute : « Mention de la présente loi sera faite en marge des actes bâtonnés. »

La Commission adopte l'article 2 du Gouvernement sur les déclarations de naissance, en substituant à ces mots : « Faites après le 18 mars, » les mots : « Contenues aux actes bâtonnés en vertu de l'article précédent. » Même après le 18 mars, il était resté encore pendant quelques jours, dans plusieurs mairies, des officiers publics régulièrement institués. L'annulation ne porte évidemment pas sur les déclarations faites, même après le 18 mars, devant eux.

L'article 3 sur les reconnaissances d'enfants naturels a été maintenu, sans autre modification que ce qui était nécessaire pour le mettre en harmonie avec la nouvelle rédaction de l'article 1er.

Point de changement à l'article 4, sur les décès.

Nous avons déjà touché à l'article 5 sur le mariage. Ici encore la Commission substitue au mot « déclaré nul » l'expression « bâtonné. » Mais, de plus, elle a amendé le deuxième paragraphe. Ce paragraphe porte que : « Le tribunal pourra, à la requête du ministère public ou des parties intéressées, ordonner la transcription, etc. » Quelques membres, dans la Commission, ont exprimé la crainte que cette manière de dire ne semblât laisser la transcription à l'arbitraire du juge, et qu'à défaut d'obligation précise, le juge ne laissât s'écouler un temps indéfini avant de s'occuper de transcriptions qu'on ne lui demanderait pas. Sur ce dernier point, la Commission est sans aucune inquiétude. Le Gouvernement tient à refaire les registres qu'il va biffer. Le temps écoulé depuis la célébration des mariages est très-court ; les contractants seront facilement retrouvés. Le premier soin du Gouvernement, dès que la loi aura été promulguée, sera évidemment de ne pas s'en tenir à sa publication, mais de faire avertir les parties intéressées à domicile, par l'entremise des mairies, et si elles n'ont pas répondu à cet appel dans le délai marqué, nul doute qu'il n'invite le ministère public à procéder d'office. Il n'est pas supposable, et le ministre ne souffrira certainement pas que la négligence de ses agents laisse inachevée l'œuvre de réparation qu'il veut accomplir par cette loi.

Quant à l'autre point, la Commission ne se défie pas plus que le Gouvernement de l'arbitraire du tribunal. Néanmoins, pour en écarter même le soupçon, aux mots «pourra ordonner,» elle substitue « ordonnera. » Mais alors, elle ajoute cette réserve, qui lui a semblé répondre à la pensée du Gouvernement, quand il admet, qu'en certain cas, le ministère public pourrait ne pas requérir la transcription, « sauf les cas prévus par l'article 184 du Code civil. » c'est-à-dire les cas où le mariage étant régulièrement célébré, le ministère public peut en requérir l'annulation. Il n'a point paru raisonnable d'obliger ce magistrat à requérir, en vertu de la présente loi, la transcription d'actes dont il aurait ensuite à demander la nullité, en vertu des articles visés dans l'article 184 du Code civil.

La Commission adopte les articles 6 et 7 du projet avec un léger changement de rédaction. Il est bon de conserver aux actes nouveaux les mêmes attestations qu'aux premiers ; il est sage d'exempter les parties des frais de procédure qui pourraient les empêcher de concourir avec l'empressement désirable, à une mesure réclamée par l'intérêt public.

Ce qui, du reste, doit être parfaitement compris de tous, c'est que la présente loi, quand elle appelle le juge à intervenir dans la transcription de ces actes, n'entend leur donner, sur aucun point, plus de valeur qu'ils n'en auraient s'ils avaient été, à l'origine, régulièrement passés devant l'officier civil. Le projet de loi n'a qu'un but : relever ces actes de la nullité résultant pour eux de l'incompétence des hommes qui les ont reçus. Il laisse intact le droit de faire valoir en justice toute autre cause qui les pourrait faire annuler.

En conséquence, la Commission vous propose d'adopter le projet de loi ainsi modifié :

Projet du Gouvernement.

ART. 1er.

Les actes de l'état civil reçus depuis le 18 mars 1871, à Paris et dans les autres communes du département de la Seine, les mentions inscrites depuis la même époque en marge des registres, par tous autres que les officiers publics compétents, sont déclarés nuls.

Ils seront bâtonnés et mention de la nullité sera faite en marge.

Il ne pourra en être délivré aucune expédition.

ART. 2.

Les déclarations de naissance faites après le 18 mars devront être renouvelées, sous les peines portées en l'article 346 du Code pénal, dans le délai de 30 jours à partir de la promulgation de la présente loi, devant l'officier de l'état civil, qui en dressera acte, sur un registre spécial, en présence de deux témoins.

Les naissances qui n'auraient pas été déclarées dans le délai de l'article 55 du Code civil, ou dont les déclarations n'auraient pas été renouvelées dans le délai prescrit par l'article précédent, ne pourront être constatées qu'en vertu de jugements rendus en chambre du conseil, à la requête, soit du ministère public, soit des parties intéressées.

ART. 3.

Les reconnaissances d'enfants naturels, faites devant tout

autre qu'un officier public compétent, devront être renouvelées dans le même délai de 30 jours.

En cas de décès des auteurs desdites reconnaissances, ou faute par eux de se présenter dans le délai prescrit, le tribunal pourra, à la requête du ministère public ou des parties intéressées, ordonner la transcription sur le registre mentionné en l'article 2 des actes déclarés nuls par l'article 1er de la présente loi.

La transcription ainsi opérée assurera à la reconnaissance ses effets à la date du premier acte.

Art. 4.

Dans le même délai, il sera dressé acte par l'officier de l'état civil, sur le registre mentionné en l'article 2, des décès survenus postérieurement au 18 mars, et dont il n'existerait pas d'actes réguliers, sur le vu du certificat du médecin qui aura constaté la mort, et en présence de deux témoins.

En l'absence du certificat exigé par le paragraphe précédent, les actes de décès ne pourront être dressés qu'en vertu d'un jugement.

Art. 5.

Les actes de mariage déclarés nuls par l'article 1er. de la présente loi seront transcrits, dans le même délai de trente jours à partir de la promulgation de la présente loi, par l'officier de l'état civil, sur le registre mentionné en l'article 2, en présence des parties et de quatre témoins.

En cas de décès des époux ou de l'un d'eux. ou faute par eux de se présenter dans le délai prescrit, le tribunal pourra, à la requête du ministère public ou des parties intéressées, ordonner la transcription sur le registre mentionné en l'article 2 des actes déclarés nuls.

La transcription assurera au mariage, à la date du premier acte, tous les effets civils, tant à l'égard des époux qu'à l'égard des enfants issus du mariage.

Art. 6.

Les témoins appelés aux termes des articles 2, 4 et 5, seront, autant que possible, ceux qui auront figuré aux actes déclarés nuls.

Art. 7.

Les actes et jugements auxquels donnera lieu l'exécution de la présente loi seront visés pour timbre et enregistrés gratis. Le ministère d'avoué ne sera pas obligatoire. Dans le cas où le tribunal ordonnerait la mise en cause des parties intéressées, elles seront appelées par simple lettre chargée.

Projet de la Commission.

Art. 1er.

Les actes de l'état civil reçus depuis le 18 mars 1871, à Paris et dans les autres communes du département de la Seine, les mentions inscrites depuis la même époque en marge des registres, par tous autres que les officiers publics compétents, seront bâtonnés.

Il ne pourra en être délivré aucune expédition.

Mention de la présente loi sera faite en marge des actes bâtonnés.

Art. 2.

Les déclarations de naissance contenues aux actes bâtonnés, en vertu de l'article précédent, devront être renouvelées, sous les peines portées en l'article 346 du Code pénal, dans le délai de 30 jours à partir de la promulgation de la présente loi, devant l'officier de l'état civil, qui en dressera acte sur un registre spécial, en présence de deux témoins.

Les naissances qui n'auraient pas été déclarées dans le délai de l'article 55 du Code civil, ou dont les déclarations n'auraient pas été renouvelées dans le délai prescrit par le paragraphe précédent, ne pourront être constatées qu'en vertu de jugements rendus en chambre du conseil, à la requête, soit du ministère public, soit des parties intéressées.

ART. 3.

Les reconnaissances d'enfants naturels, contenues dans les actes bâtonnés en vertu de l'article 1er de la présente loi, devront être renouvelées dans le même délai de 30 jours.

En cas de décès des auteurs desdites reconnaissances, ou faute par eux de se présenter dans le délai prescrit, le tribunal pourra, à la requête du ministère public ou des parties intéressées, ordonner la transcription desdits actes sur le registre mentionné en l'article 2.

La transcription ainsi opérée assurera à la reconnaissance ses effets à la date du premier acte.

ART. 4.

Dans le même délai il sera dressé acte par l'officier de l'état civil, sur le registre mentionné en l'article 2, des décès survenus postérieurement au 18 mars, et dont il n'existerait pas d'actes réguliers, sur le vu du certificat du médecin qui aura constaté la mort, et en présence de deux témoins.

En l'absence du certificat exigé par le paragraphe précédent, les actes de décès ne pourront être dressés qu'en vertu d'un jugement.

ART. 5.

Les actes de mariage, bâtonnés en vertu de l'article 1er de la présente loi, seront transcrits dans le même délai de 30 jours, par l'officier de l'état civil, sur le registre mentionné en l'article 2, en présence des parties et de quatre témoins.

En cas de décès des époux ou de l'un d'eux, ou faute par eux de se présenter dans le délai prescrit, le tribunal, à la requête du ministère public, des parties intéressées ou de l'une d'elles, ordonnera la transcription sur le registre mentionné en l'article 2 des actes bâtonnés, sauf les cas prévus par l'article 184 du Code civil.

La transcription assurera au mariage, à la date du premier acte, tous les effets civils tant à l'égard des époux qu'à l'égard des enfants issus du mariage.

Art. 6.

Les témoins appelés aux termes des articles 2, 4 et 5 seront, autant que possible, ceux qui auront figuré aux actes bâtonnés.

Art. 7.

Les actes et jugements auxquels donnera lieu l'exécution de la présente loi, seront visés pour timbre et enregistrés gratis. Le ministère d'avoué ne sera pas obligatoire. Dans le cas où le tribunal ordonnerait la mise en cause des parties intéressées, le greffier les appellera par simples lettres chargées.

Le vote de cette loi n'a donné lieu à aucune discussion.

Loi du 19 juillet 1871.

Versailles, 22 juillet 1871.

L'Assemblée nationale a adopté,

Le Président du Conseil, chef du Pouvoir exécutif de la République française promulgue la loi dont la teneur suit :

ART. 1er.

Les actes de l'état civil reçus depuis le 18 mars 1871, à Paris et dans les autres communes du département de la Seine; les mentions inscrites depuis la même époque en marge des registres, par tous autres que les officiers publics compétents, seront bâtonnés.

Il ne pourra en être délivré aucune expédition.

Mention de la présente loi sera faite en marge des actes bâtonnés.

ART. 2.

Les déclarations de naissance contenues aux actes bâtonnés en vertu de l'article précédent, devront être renouvelées, sous les peines portées en l'article 346 du Code pénal, dans le délai de 30 jours, à partir de la promulgation de la présente loi, devant l'officier de l'état civil, qui en dressera acte, sur un registre spécial, en présence de deux témoins.

Les naissances qui n'auraient pas été déclarées dans le délai de l'article 55 du Code civil ou dont les déclarations n'auraient pas été renouvelées dans le délai prescrit par le paragraphe précédent, ne pourront être constatées qu'en vertu de jugements rendus en chambre du conseil, à la requête soit du ministère public, soit des parties intéressées.

Art. 3.

Les reconnaissances d'enfants naturels, contenues dans les actes bâtonnés en vertu de l'article 1er de la présente loi, devront être renouvelées dans le même délai de 30 jours.

En cas de décès, des auteurs desdites reconnaissances, ou faute par eux de se présenter dans le délai prescrit, le tribunal pourra, à la requête du ministère public ou des parties intéressées, ordonner la transcription desdits actes sur le registre mentionné en l'article 2.

La transcription ainsi opérée assurera à la reconnaissance ses effets à la date du premier acte.

Art. 4.

Dans le même délai, il sera dressé acte par l'officier de l'état civil, sur le registre mentionné en l'article 2, des décès survenus postérieurement au 18 mars et dont il n'existerait pas d'actes réguliers, sur le vu du certificat du médecin qui aura constaté la mort et en présence de deux témoins.

En l'absence du certificat exigé par le paragraphe précédent, les actes de décès ne pourront être dressés qu'en vertu d'un jugement.

Art. 5.

Les actes de mariage bâtonnés en vertu de l'article 1er de la présente loi seront transcrits dans le même délai de 30 jours, par l'officier de l'état civil, sur le registre mentionné en l'article 2 en présence des parties et de quatre témoins.

En cas de décès des époux ou de l'un d'eux, ou faute par eux de se présenter dans le délai prescrit, le tribunal, à la requête du ministère public, des parties intéressées ou de l'une d'elles, ordonnera la transcription, sur le registre mentionné en l'article 2, des actes bâtonnés, sauf les cas prévus par l'article 184 du Code civil.

La transcription assurera au mariage, à la date du premier acte, tous les effets civils, tant à l'égard des époux qu'à l'égard des enfants issus du mariage.

Art 6.

Les témoins appelés aux termes des articles 2, 4 et 5 seront, autant que possible, ceux qui auront figuré aux actes bâtonnés.

Art. 7.

Les actes et jugements auxquels donnera lieu l'exécution de la présente loi seront visés pour timbre et enregistrés gratis. Le ministère d'avoué ne sera pas obligatoire. Dans le cas où le tribunal ordonnerait la mise en cause des parties intéressées, le greffier les appellera par simples lettres chargées.

Délibéré en séance publique, à Versailles, le dix-neuf juillet mil huit cent soixante et onze.

Le Président : Jules GRÉVY.

Les Secrétaires : N. JOHNSTON, Baron de BARANTE, Marquis de CASTELLANE, Paul BETHMONT.

Le Président du Conseil,
Chef du Pouvoir exécutif de la République française,

A. THIERS.

Le Garde des Sceaux, Ministre de la Justice,

J. DUFAURE.

4

Extrait *du compte rendu sténographique de la séance de l'Assemblée nationale du 22 août 1871.*

M. LE PRÉSIDENT. — M. le Garde des Sceaux a la parole.

M. DUFAURE, Garde des Sceaux. — Messieurs, par une loi du 19 juillet dernier, vous avez ordonné que les actes de l'état civil qui avaient été dressés à Paris pendant la durée de la Commune et par ses agents, seraient renouvelés ; vous aviez accordé un délai d'un mois pour cette opération. Ce travail a été suivi dans les mairies avec un grand zèle ; sur 21,000 actes qui étaient à renouveler, la moitié à peu près l'était samedi dernier ; on a pu accomplir toute l'opération dans le délai d'un mois. Je demande à l'Assemblée, par un projet de loi que je vais lui lire, de proroger ce délai.

ARTICLE UNIQUE.

Le délai de 30 jours, établi dans les articles 2, 3, 4 et 5 de la loi du 19 juillet 1871, est prolongé jusqu'au 30 septembre inclusivement. »

Je demande à l'Assemblée de déclarer l'urgence du projet. (Oui ! oui ! — Appuyé !)

M. DE TILLANCOURT. — On peut le voter immédiatement. (Non ! non !)

M. LE GARDE DES SCEAUX. — Comme l'Assemblée le voudra.

Si l'Assemblée voulait me permettre de donner lecture de l'exposé des motifs du projet de loi, elle pourrait le voter immédiatement. (Non ! non ! — Oui !)

M. LE PRÉSIDENT. — M. le ministre demande la déclaration d'urgence de son projet de loi. Je la mets aux voix.

(L'urgence est mise aux voix et déclarée.)

Voix diverses. — Votons tout de suite. — Non ! Demain.

M. Ducuing. — Il ne s'agit pas d'une loi nouvelle ; nous pouvons voter tout de suite. (Non ! non !)

M. le Président. — Le projet sera renvoyé demain à l'examen des bureaux. (Mouvements en sens divers.)

M. Plichon. — Je demande le renvoi à la Commission qui a examiné le premier projet.

M. le Président. — Le rapport peut être fait demain, et l'Assemblée sera à même de voter dans la séance de demain. Mais il faut l'examen des bureaux et la nomination d'une Commission. (Oui ! oui !)

M. Ducuing. — L'ancienne Commission peut se charger d'un rapport verbal.

M. Dahirel. — C'est la suite d'une affaire commencée.

M. Plichon. — C'est la même loi !

M. le Président. — On demande le renvoi à la Commission qui a élaboré le premier projet. (Oui ! oui ! — Non !)

Je ferai remarquer que cela n'est pas possible. On ne peut renvoyer à la Commission que tant qu'elle existe ; or la Commission n'existe plus. (C'est cela ! Très-bien !)

Au surplus, la Commission que vous nommerez demain matin dans les bureaux peut vous apporter son travail au début de la séance, et vous permettre de voter le projet de loi dès demain. (Oui ! oui ! — Très-bien !)

Rapport *fait au nom de la Commission chargée d'examiner le projet de loi tendant à prolonger jusqu'au 30 septembre le délai établi par la loi du 19 juillet dernier, concernant les actes de l'état civil à Paris* (urgence déclarée), *par* M. GRIVART, *Membre de l'Assemblée nationale.*

Messieurs,

La loi du 19 juillet 1871, votée par l'Assemblée nationale, a ordonné que les actes de l'état civil, reçus depuis le 18 mars 1871, à Paris et dans les autres communes du département de la Seine, par tous autres que les officiers publics compétents, seraient bâtonnés et qu'il n'en pourrait être délivré aucune expédition.

La même loi a prescrit que les actes ainsi bâtonnés seraient rétablis dans une forme régulière, et a imposé aux parties l'obligation de comparaître devant les autorités compétentes, dans un délai de 30 jours, afin de procéder à leur renouvellement.

Le commencement d'exécution qu'a reçu la loi semble avoir démontré que le délai de 30 jours qu'elle accordait était insuffisant. L'exposé des motifs de M. le Garde des Sceaux nous fait connaître que, malgré le zèle déployé par les mairies de Paris, un nombre considérable d'actes atteints par les dispositions de la loi n'ont pu encore être régularisés. M. le Garde des Sceaux demande, en conséquence, à l'Assemblée, de prolonger jusqu'au 30 septembre inclusivement le délai de 30 jours établi dans les articles 2, 3, 4 et 5 de la loi du 19 juillet 1871.

Votre Commission s'est livrée d'urgence, ainsi que les circonstances le commandaient, à l'examen du projet de loi qui lui était soumis.

Elle a été unanime pour penser qu'il ne devait rencontrer aucune objection sérieuse. On peut espérer que le délai de faveur accordé, conformément au projet de M. le Garde des

Sceaux, diminuera, dans une proportion notable, le nombre des actes de l'état civil en souffrance, et réduira, par suite, à des cas moins nombreux l'obligation d'intervention de la justice.

La Commission a pensé en même temps, avec la même unanimité, que pour atteindre ce but très-désirable, il était nécessaire de stimuler l'activité des parties, en donnant la plus large publicité à la loi du 19 juillet ainsi qu'à la loi nouvelle, et en signalant par un avis spécial aux intéressés que les obligations qui leur sont imposées ne sont pas dépourvues de sanction, et qu'une négligence persistante leur ferait encourir, au moins dans certains cas, les dispositions rigoureuses de l'article 346 du Code pénal.

Cette préoccupation de la Commission n'avait pas besoin de se traduire par un article additionnel dans le projet de loi ; il suffisait de la signaler au Gouvernement qui, nous n'en doutons pas, jugera utile d'appeler particulièrement sur ce point l'attention de M. le Préfet de la Seine.

Votre Commission vous propose, en conséquence, l'adoption pure et simple du projet de loi qui est ainsi conçu :

ARTICLE UNIQUE.

Le délai de 30 jours établi dans les articles 2, 3, 4 et 5 de la loi du 19 juillet 1871, est prolongé jusqu'au 30 septembre inclusivement.

Extrait *du compte rendu sténographique de la séance de*
l'Assemblée nationale du 23 août 1871.

————

M. LE PRÉSIDENT. — Avant de passer à l'art. 8 (*d'une loi
de finances*), peut-être l'Assemblée voudra-t-elle entendre le
rapport sur le projet de loi concernant les actes de l'état civil
de Paris, déposé hier par M. le Garde des Sceaux, et sur lequel
l'urgence a été déclarée. (Oui! Oui!)

La parole est à M. Grivart.

M. GRIVART, *rapporteur.*— J'ai l'honneur de déposer sur
le bureau de l'Assemblée le rapport de la Commission nommée
pour examiner le projet de loi tendant à prolonger jusqu'au
30 septembre le délai établi par la loi du 19 juillet dernier,
concernant les actes de l'état civil de Paris.

Messieurs, la question est des plus simples ; elle est d'une
extrême urgence, le rapport que je viens de déposer est en
quelques lignes ; si l'Assemblée veut le permettre, je lui en
donnerai lecture.

De toutes parts. Oui! Oui! — Lisez!

M. LE RAPPORTEUR.— Messieurs, la loi du 19 juillet 1871,
votée par l'Assemblée nationale, a ordonné que les actes de
l'état civil, reçus depuis le 18 mars 1871, à Paris et dans les
autres communes du département de la Seine par tous autres
que les officiers publics compétents, seraient bâtonnés et qu'il
n'en pourrait être délivré aucune expédition.

La même loi a prescrit que les actes ainsi bâtonnés seraient
rétablis dans une forme régulière, et a imposé aux parties
l'obligation de comparaître devant les autorités compétentes,
dans un délai de trente jours, afin de procéder à leur renouvellement.

Le commencement d'exécution qu'a reçu la loi semble avoir

démontré que le délai de trente jours qu'elle accordait était insuffisant. L'exposé des motifs de M. le Garde des Sceaux nous fait connaître que, malgré le zèle déployé par les maires de Paris, un nombre considérable d'actes atteints par les dispositions de la loi n'ont pu encore être régularisés. M. le Garde des Sceaux demande, en conséquence, à l'Assemblée, de prolonger jusqu'au 30 septembre inclusivement le délai de trente jours établi dans les articles 2, 3, 4 et 5 de la loi du 19 juillet 1871.

Votre Commission s'est livrée, d'urgence, ainsi que les circonstances le commandaient, à l'examen du projet de loi qui lui était soumis.

Elle a été unanime pour penser qu'il ne devait rencontrer aucune objection sérieuse; on peut espérer que le délai de faveur accordé conformément au projet de M. le Garde des Sceaux, diminuera, dans une proportion notable, le nombre des actes de l'état civil en souffrance, et réduira par suite, à des cas moins nombreux, l'obligation d'intervention de la justice.

La Commission a pensé en même temps, avec la même unanimité, que, pour atteindre ce but très-désirable, il était nécessaire de stimuler l'activité des parties, en donnant la plus large publicité à la loi du 19 juillet ainsi qu'à la loi nouvelle, et en signalant, par un avis spécial aux intéressés, que les obligations qui leur sont imposées ne sont pas dépourvues de sanction, et qu'une négligence persistante leur ferait encourir, au moins dans certains cas, les dispositions rigoureuses de l'article 346 du Code pénal.

Cette préoccupation de la Commission n'avait pas besoin de se traduire par un article additionnel dans le projet de loi; il suffisait de la signaler au Gouvernement qui, nous n'en doutons pas, jugera utile d'appeler particulièrement sur ce point l'attention de M. le Préfet de la Seine.

Votre Commission vous propose, en conséquence, l'adoption pure et simple du projet de loi, qui est ainsi conçu:

ARTICLE UNIQUE.

Le délai de trente jours établi dans les articles 2, 3, 4 et 5 de la loi du 19 juillet 1871, est prolongé jusqu'au 30 septembre inclusivement.

M. LE PRÉSIDENT. — L'Assemblée veut-elle passer immédiatement à la délibération ? (Oui ! Oui !)

Personne ne demande la parole ? (Non ! Non !)

Je mets aux voix l'article unique du projet, qui est ainsi conçu:

« Le délai de trente jours établi dans les articles 2, 3, 4 et 5 de la loi du 19 juillet 1871, est prolongé jusqu'au 30 septembre inclusivement.

(L'article unique est mis aux voix et adopté).

LOI DU 12 FÉVRIER 1872.

Extrait *du compte rendu sténographique de la séance de l'Assemblée nationale du* **22** *août* **1871**.

M. LE GARDE DES SCEAUX. — J'ai l'honneur de déposer sur le bureau de l'Assemblée un second projet de loi qui a pour but de déterminer dans quelles formes et quelles conditions seront reconstruits les registres de l'état civil incendiés dans Paris.

Il y a une disposition du projet qui m'oblige de demander à l'Assemblée de voter l'urgence.

Voici cette disposition :

Dans ce moment-ci, dans Paris, il n'y a aucun moyen de reconnaître l'âge des jeunes gens qui peuvent être appelés à servir pour l'Etat.

Dans le projet de loi que nous vous présentons, nous avons cherché à pourvoir à cet inconvénient, et il est urgent d'y pourvoir. Il serait malheureux que l'Assemblée renvoyât, après les délais de la prorogation, l'examen de ce projet de loi.

Ainsi, indépendamment de l'urgence qu'il y a pour le projet de loi tout entier, je demande à l'Assemblée, par les motifs particuliers que je viens d'indiquer, que l'urgence soit prononcée.

Si l'Assemblée veut, je lui donnerai lecture des articles. (Non! non! c'est inutile!)

M. LE PRÉSIDENT. — Je mets aux voix la déclaration d'urgence.

(L'urgence, mise aux voix, est déclarée.)

Projet de loi *sur la reconstitution de l'état civil de* **Paris** (urgence déclarée), *présenté par* **M. THIERS**, *Président du Conseil des Ministres, Chef du Pouvoir exécutif de la République française, et par* **M. J. DUFAURE** *Garde des Sceaux, Ministre de la Justice.*

EXPOSÉ DES MOTIFS.

Messieurs,

La loi que nous vous proposons formera une partie importante de l'œuvre législative que vous avez entreprise pour réparer dans Paris les désordres de toute nature qui s'y sont manifestés après cinq mois d'un siége rigoureux et deux mois et demi d'une effroyable insurrection. Nous vous avons déjà signalé l'un des plus grands désastres que nous ayons à déplorer, la perte à peu près totale des registres de l'état civil, archives précieuses de tant de familles de Paris et de la province, qui ont disparu dans l'incendie du Palais de Justice et de l'Hôtel de Ville.

Par une loi du 10 juillet dernier, vous avez fourni des moyens provisoires pour remplacer dans la célébration des mariages les actes de naissance et de décès que l'incendie a détruits. En vertu d'une autre loi du 19 juillet, on refait dans chaque mairie les actes reçus par des usurpateurs de fonctions municipales pendant la durée de la Commune. Enfin, nous vous demandons, par les dispositions de la loi actuelle, de rendre possible la reconstitution à peu près entière des registres de l'état civil dont les deux exemplaires sont perdus.

Le travail dont vous réglerez les principales conditions sera de longue haleine, difficile entre tous, mais il est nécessaire. Une calamité pareille dont fut frappée la petite ville de Soissons, à la fin des guerres du premier empire, exigea 23 ans d'efforts et donna lieu à des erreurs regrettables. Nous avons étudié avec soin ce précédent unique dans notre histoire moderne ; sans prétendre atténuer la tâche bien autrement importante que nous allons entreprendre, nous espérons éviter les retards et les erreurs de nos devanciers. Nous avons profité, du reste, de plusieurs dispositions de la sage ordonnance du 9-14 janvier 1815, convaincus, comme l'auteur de son préambule, qu'en général, « toutes les questions qui concernent l'état « des personnes ne peuvent être décidées que par l'autorité « de la justice, mais que dans les circonstances où nous nous « trouvons, il est de l'intérêt de la société de prendre des « moyens qui, sans déroger aux dispositions du Code civil, « conservent des renseignements utiles pour constater l'état « des familles. »

Plusieurs questions se présentaient à nous à l'origine de notre travail : fallait-il organiser à nouveau un système complet et spécial de preuves ? Fallait-il se borner à quelques règles générales ? Sous quelle forme la reconstitution des actes devait-elle être accomplie ? A quelle autorité devait être confiée la direction de cette opération laborieuse ? Dans quelle mesure fallait-il associer les parties intéressées à une œuvre si importante pour la sécurité de leur avenir ?

Ces questions et bien d'autres ont été tour à tour l'objet de notre examen ; mais nous n'avons pas cru qu'un texte législatif pût prévoir tous les détails ni donner toutes les solutions.

Il nous a paru plus utile de constituer une autorité spéciale chargée de diriger pendant toute sa durée cet immense travail et d'exécuter avec intelligence et avec suite la loi que nous vous demandons de voter. Ni l'autorité judiciaire, qui a la mission d'interpréter et non d'exécuter les lois, ni l'autorité administrative, peu compétente pour apprécier la valeur légale des documents qui concernent l'état des citoyens, ne pouvaient être exclusivement chargées de reconstituer les registres perdus. Il nous a paru nécessaire de réunir ces deux éléments et de combiner leurs forces pour donner à la fois plus de valeur aux décisions et à l'exécution plus d'unité.

C'est avec cette pensée que nous vous proposons l'institution d'une Commission chargée de surveiller et de contrôler la reconstitution des actes détruits. Elle sera investie d'un double pouvoir : elle dirigera l'ensemble du travail et elle prononcera chaque jour l'admission ou le rejet des documents ou déclarations portés devant elle. Pour la direction générale, la Commission tout entière sera appelée à délibérer ; pour les décisions quotidiennes, elle se divisera en sections de trois membres ; elle pourra ainsi siéger en permanence.

Le projet devait indiquer les documents à l'aide desquels les actes seraient reconstitués. Toutefois, nous n'avons pas voulu que cette énumération fût limitative. Les extraits des anciens registres municipaux, les registres des paroisses, les papiers domestiques, sont évidemment les documents que la Commission aura le plus souvent à juger, mais elle ne devra rejeter sans examen aucun acte pouvant être un élément de preuve. Nous avons même autorisé les déclarations des parties intéressées ou des tiers, pensant qu'on ne saurait refuser impunément aucun moyen de combler une lacune si préjudiciable à l'état des citoyens.

Il y a des documents auxquels nous devions attribuer une valeur exceptionnelle : nous voulons parler des extraits délivrés conformes aux registres détruits. Aussi nous sommes-nous tout particulièrement préoccupés des moyens de faire arriver entre les mains de la Commission le plus grand nombre possible d'expéditions régulières antérieures au 1er janvier 1860. Ces actes se trouvent entre les mains des particuliers et dans les dépôts publics. Nous vous proposons des mesures destinées à contraindre tout dépositaire public ou privé à faire la remise de ces actes dans le délai d'une année. La question de propriété ne peut arrêter l'Assemblée : il est évident que les registres de l'état civil, créés dans l'intérêt général, appartiennent à tout le monde ; or, il ne peut être douteux qu'en cas de destruction l'intérêt public n'autorise le pouvoir à réclamer au particulier l'expédition qu'il a délivrée et qui est désormais la seule épave de l'état civil anéanti ; d'ailleurs, pour calmer tous les scrupules, nous avons considéré ce dépôt forcé comme une sorte d'expropriation, et nous avons admis qu'une expédition régulière serait délivrée gratuitement à toute personne qui aurait remis l'extrait à la Commission. Cette copie ne pouvant sans complication être donnée immédiatement, le déposant recevra en échange du dépôt un récépissé qui donnera droit à la délivrance ultérieure de l'expédition.

Tous les extraits seront ainsi appelés au bureau central : les doubles seront rendus aux déposants après avoir été revêtus d'une estampille indiquant que l'acte a été reconstitué (art. 6).

Les fonctionnaires, officiers publics ou ministériels, greffiers, séquestres et administrateurs judiciaires, devront prêter leur concours à ce grand travail, non-seulement en recherchant dans leurs archives les extraits déposés et en les transmettant à la Commission, mais encore en dirigeant vers le bureau central tout acte non estampillé qui leur serait présenté par leurs clients (art. 7). Cette obligation, qui s'étend pour les papiers d'une succession à ceux qui dressent l'inventaire et aux héritiers de la personne décédée, mettra beaucoup d'actes entre les mains de la Commission et déterminera l'envoi spontané d'un plus grand nombre (art. 8 et 9).

À côté de ces actes qui se trouveront ainsi reconstitués avec une exactitude absolue, il y aura une quantité considérable d'actes qui seront refaits par la Commission, soit d'office, en tenant compte des registres des paroisses ou de tout autre document public, soit sur l'initiative des parties intéressées ou des tiers produisant à l'appui de leur déclaration des documents probants (art. 1er). Ces diverses catégories d'actes, sans distinction d'origine, seront transcrites d'après un ordre méthodique sur des registres qui seront tenus en double, suivant les prescriptions du Code civil. Les pièces qui auront servi à dresser les actes seront classées et conservées comme documents à l'appui.

Malgré le soin avec lequel ce travail devra être accompli, nous ne pouvions vous demander de conférer aux actes reconstitués la même autorité qu'aux actes primitivement reçus par les officiers de l'état civil. Tant qu'ils ne seront pas contestés, il a paru juste de leur donner une égale valeur, mais en même temps la loi ouvre aux parties intéressées et au ministère public un recours qui sera porté devant le tribunal. Le projet dispense de timbre et d'enregistrement les actes de procédure auxquels donnent lieu ces contestations.

La Commission, en rejetant les pièces ou les déclarations produites par les parties, ne les privera pas de tout recours. Le projet les autorise, et autorise même le ministère public à saisir le tribunal (art. 4).

Il eût été dangereux pour l'efficacité d'une loi si utile d'en laisser l'exécution dépouillée de toute sanction pénale. C'est trahir l'intérêt public que de retenir par imprudence ou par inertie des documents dont l'absence peut priver plus tard un citoyen de son état civil et mettre en péril son honneur et ses biens. Il fallait que la loi contribuât à faire pénétrer dans les esprits l'impérieuse nécessité de la remise des extraits au bureau central. C'est avec cette pensée que nous proposons d'édicter une amende de 16 à 300 fr. contre ceux qui retiendraient sciemment un extrait d'acte de l'état civil antérieur au 1er janvier 1860.

Les négligences ne sont pas seules à craindre ; il se peut que des suppressions intéressées se produisent. Selon qu'elles auront pour mobile la haine ou bien seulement la cupidité, le projet en fait un crime ou un délit. Si le coupable a voulu modifier ou supprimer l'état d'une personne, il sera puni de la réclusion ; s'il a voulu intervertir l'ordre de dévolution d'une succession ou se livrer à une combinaison frauduleuse, il sera puni des peines qui frappent l'escroquerie.

Néanmoins, toutes les peines prononcées par cette loi pourront être abaissées par le juge s'il reconnaît l'existence de circonstances atténuantes.

A l'aide de ce projet, on peut espérer que les conséquences du désastre qui a atteint l'état civil de Paris seront en partie conjurées. Nous sommes évidemment impuissants à les réparer entièrement ; mais la loi va créer des instruments énergiques que, dans sa longue et laborieuse entreprise, la Commission saura utiliser. Elle fera appel à l'initiative et à la vigilance des citoyens, elle saura extraire de tous les dépôts les documents authentiques, elle les rassemblera, les jugera, écoutera les déclarations, examinera les pièces, ordonnera les transcriptions ; secondée et contrôlée par le ministère public, elle sera contenue dans les limites légales par l'autorité judiciaire sur le terrain de laquelle elle n'aura pas le droit d'empiéter. Nous croyons que ce système, préparé par les études d'une Commission spéciale, mis en pratique par des jurisconsultes et des administrateurs expérimentés, fécondé par l'expérience, pourra rendre de grands services et atteindre en quelques années le but que nous poursuivons.

Les articles 12 et 14 du projet ont un caractère spécial d'utilité et d'urgence sur lequel il est inutile d'insister : l'article 12 prévoit l'embarras où le Gouvernement sera placé, en attendant la reconstitution des registres, pour trouver dans Paris les jeunes gens qui sont appelés, par leur âge, au service militaire. Il secondera par des mesures coactives les efforts de toute nature que l'Administration fera pour obliger tous les citoyens à remplir, quand leur tour sera venu, ce patriotique devoir.

L'article 14 ne demande que l'exécution des lois existantes, lorsqu'il prescrit la confection d'une copie nouvelle pour les actes qui ont été conservés depuis le 1er janvier 1860, dans les mairies, mais dont les doubles ont été brûlés dans l'incendie du Palais de Justice.

Projet de loi.

Le Président du Conseil, Chef du Pouvoir exécutif de la République française, propose à l'Assemblée nationale le projet de loi suivant, qui lui sera présenté par le Garde des Sceaux, Ministre de la Justice, chargé d'en exposer les motifs et d'en soutenir la discussion.

5

Art. 1er.

Les actes de l'état civil de la ville de Paris et des communes annexées en 1859, qui ont été perdus ou détruits pendant l'insurrection, seront reconstitués, soit au moyen des extraits des anciens registres délivrés conformes, soit d'après les papiers domestiques, registres des paroisses et autres documents publics ou privés, soit sur la déclaration des personnes intéressées ou des tiers.

Art. 2.

Une Commission, composée de **21** membres nommés par le Ministre de la Justice, sera chargée de la reconstitution de l'état civil.

Elle surveillera et contrôlera les travaux préparatoires faits par l'autorité administrative.

Elle prononcera l'admission, soit des extraits des registres qui seront produits, soit des demandes en rétablissement d'actes sur documents ou déclaration. Pour prendre ces décisions, elle pourra se diviser en section de trois membres au moins.

Art. 3.

Les actes transcrits ou rétablis sur les registres par décision de la Commission, et signés par l'un de ses membres, tiendront lieu des actes perdus ou détruits, et feront la même foi, tant qu'ils ne seront pas contestés, soit par les parties intéressées, soit par le ministère public.

Les contestations seront instruites sans frais, et jugées conformément aux articles 46, 99, 100 et 101 du Code civil, 855 et suivants du Code de procédure.

Art. 4.

En cas de rejet par la Commission, soit des extraits produits, soit des demandes en rétablissement d'acte, il sera statué par le tribunal qui pourra être saisi par les parties intéressées ou d'office par le ministère public.

Art. 5.

Toute personne qui détient, à quelque titre que ce soit, un extrait authentique d'un acte de naissance, de reconnaissance, de mariage ou de décès, dressé antérieurement au 1er janvier 1860, à Paris et dans les communes annexées, devra, dans le délai d'un an, à partir de la promulgation de la présente loi, en effectuer la remise ou l'envoi au dépôt central établi à cet effet.

Cette disposition est également applicable aux actes de naissance reçus à la mairie du 12e arrondissement, depuis le 1er janvier 1870 jusqu'au 25 mai 1871.

Un récépissé sera délivré au moment de la remise et sera échangé plus tard, gratuitement, contre une expédition sur papier libre qui fera la même foi que la pièce déposée.

Art. 6.

Toute personne qui détient plusieurs extraits du même acte de l'état civil dressé dans les lieux et dans les périodes ci-dessus indiqués devra, dans le délai prévu par l'article précédent, les remettre ou les envoyer tous au dépôt central. Un de ces extraits sera gardé, afin de servir d'original pour la confection des nouveaux registres. Les autres extraits seront rendus au détenteur, après avoir été marqués d'une estampille.

Art. 7.

Tout fonctionnaire de l'ordre administratif, tout officier public ou ministériel, tout greffier, tous séquestres et administrateurs judiciaires auxquels sera remis, pour en faire usage, un extrait non revêtu de l'estampille d'un des actes indiqués dans l'art. 1er, devra retenir cet extrait et en effectuer la remise ou l'envoi au dépôt central dans le délai de 30 jours.

Art. 8.

Tout juge de paix qui, en dressant un procès-verbal de description après décès, tout notaire ou tout syndic de faillite, qui, en procédant à la confection d'un inventaire, trouvera un extrait d'un des actes indiqués en l'art. 1er, sera tenu d'en effectuer la remise ou l'envoi au dépôt central, dans les 30 jours de la clôture des opérations.

Art. 9.

Si l'extrait d'un des actes de l'état civil indiqués dans l'article 1er est trouvé dans les papiers d'une personne décédée, avant ou sans qu'il y ait eu procès-verbal de description ou d'inventaire, les héritiers ou ayants cause à titre universel du défunt devront en effectuer la remise ou l'envoi au bureau central dans le délai de 6 mois, à partir de l'ouverture de la succession.

Art. 10.

Toute infraction aux dispositions des articles 5, 6, 7, 8 et 9 sera punie d'une amende de 16 francs à 300 francs.

Art. 11.

Quiconque aura caché, soustrait ou détruit un extrait d'un des actes indiqués dans l'art. 1er, en vue de modifier ou de supprimer l'état civil d'une personne, sera puni de la réclusion.

Si l'acte a été caché, soustrait ou détruit, dans le but d'intervertir l'ordre de dévolution d'une succession, ou en vue d'une combinaison frauduleuse quelconque, la peine sera d'un an à cinq ans d'emprisonnement, et d'une amende de 50 francs à 3,000 francs.

Art. 12.

Les pères, mères ou tuteurs, sont tenus de déclarer à la mairie de leurs communes respectives la date de la naissance de leurs enfants ou pupilles soumis aux lois sur le recrutement de l'armée et dont les actes de naissance, incendiés ou détruits, n'auraient pas été rétablis en vertu de la présente loi.

Cette déclaration aura lieu dans l'année qui précédera celle de l'obligation, sous les peines portées en l'art. 38, titre IV de la loi du 21 mars 1832.

Pour la classe de 1871, la déclaration sera faite dans le délai de 15 jours, à partir de la date de la promulgation de la loi d'appel.

Il n'est rien innové en ce qui touche les obligations résultant pour les pères, mères, tuteurs et jeunes gens, des dispositions des lois sur le recrutement.

Art. 13.

L'art. 463 du Code pénal est applicable aux peines édictées par la présente loi.

Art. 14.

Il sera fait, par les soins des maires des arrondissements de Paris, une copie littérale des registres de l'État civil des années 1860 à 1871, conservés dans les mairies, et dont le double a été détruit dans l'incendie du Palais de Justice.

Chacun des actes recopiés sera signé par le maire ou par l'un des adjoints. La signature du maire ou adjoint sera précédée des mots : *pour copie conforme en remplacement de la minute détruite pendant l'insurrection.*

Après l'achèvement du travail, les doubles collationnés seront déposés au greffe du tribunal civil.

Art. 15.

Les registres destinés à recevoir les actes transcrits ou refaits en exécution de la présente loi seront exempts du timbre.

Art. 16.

Les dépenses auxquelles donnera lieu l'exécution de la présente loi seront supportées pour moitié par l'État et pour moitié par la Ville de Paris.

Le Président du Conseil des Ministres,
Chef du Pouvoir exécutif de la République française.

Signé : **A. THIERS.**

Le Garde des Sceaux, Ministre
de la Justice,

Signé : **J. DUFAURE.**

Rapport *fait au nom de la Commission chargée d'examiner le projet de loi relatif à la reconstitution de l'état civil de Paris* (urgence déclarée), *par* M. H. WALLON, *Membre de l'Assemblée nationale.*

Messieurs,

Vous avez eu, plusieurs fois déjà, à vous occuper du plus grand désastre que le règne de la Commune ait infligé à la France : je veux parler de la destruction des registres de l'état civil de Paris. La Commune n'a pas pu brûler Paris comme elle aurait voulu en périssant; et, à cette dernière heure, elle a dû éprouver un sentiment de rage quand elle voyait que, par sa masse, la ville presque entière échappait à l'incendie. Mais si elle n'a pu ravir à tous les Parisiens leur demeure, il y a une chose qu'elle a su détruire : ce sont les titres de leur foyer domestique, les instruments publics qui établissaient la généalogie et les rapports de leurs familles, la double collection des actes de l'état civil de la grande cité, qu'au moment où Paris lui échappait, elle avait encore sous la main.

Comment remédier à une pareille catastrophe ? Il fallut d'abord courir au plus pressé : car la vie civile était interrompue pour les Parisiens ; les actes de naissance détruits rendaient impossibles les mariages. Vous y avez pourvu, le 10 juillet dernier, par des mesures provisoires. L'étendue du mal à réparer, les difficultés, les longueurs nécessaires du travail étaient les motifs de la dérogation que l'on vous demandait aux règles du Code civil ; à cet égard, le rapport de votre Commission faisait comme la préface de celui qui vous est présenté aujourd'hui. Mais l'immensité de la tâche à remplir ne doit pas décourager de l'entreprendre, et les difficultés qu'elle offre sont comme un stimulant pour en triompher.

Dans son exposé des motifs, M. le Garde des Sceaux vous

demande de rendre possible, par les dispositions de la loi qu'il vous soumet, la reconstitution à peu près entière des registres de l'état civil : nous avons accepté, nous avons étendu ces dispositions ; mais nous ne pouvons vous dire que nous partageons cette espérance. Le double dépôt de l'Hôtel de Ville et du tribunal civil formait un des plus riches et des plus précieux dépôts du monde. Il y avait des actes qui remontaient jusqu'au commencement du règne de François Ier ; et c'est à Paris que l'on retrouvait le plus au complet les résultats des ordonnances de nos rois sur l'état civil : Ordonnance de Villers-Cotterets (1539), qui enjoignait d'enregistrer la naissance de tout enfant, et le décès des ecclésiastiques tenant bénéfices, colléges, etc. ; ordonnance de Blois (1579), qui comblait la lacune de celle de Villers-Cotterets, en prescrivant au clergé de tenir registre des naissances, mariages, décès de toutes personnes indistinctement ; ordonnance de Louis XIV (1667), qui assura plus de régularité à la teneur des actes en commandant de mentionner exactement dans l'acte d'inhumation le temps du décès, dans l'acte de baptême le jour de la naissance, et de les dresser en double : original et copie ; ordonnance enfin de Louis XV (1736), qui commanda de les dresser en double original.

Ces registres, quoique tenus par l'autorité religieuse, avaient déjà un caractère civil ; et c'est à tort que quelques-uns ont cru que la présente loi ne les concernait pas. Ce sont les ordonnances des rois qui en réglaient la forme ; et c'était à l'autorité civile que, dès l'édit de Villers-Cotterets, ils devaient être remis au bout de l'année. Seulement, il faut le dire, tous n'y étaient pas compris : les protestants furent privés d'état civil depuis la révocation de l'édit de Nantes (1683) jusqu'à l'édit réparateur de Louis XVI (1787) : dans l'intervalle, ils ne pouvaient s'en assurer le bienfait qu'en se donnant pour catholiques. Les juifs n'y avaient eu part en aucun temps. Ce fut la loi du 20 septembre 1792 qui supprima toute distinction, en appliquant aux actes de l'état civil le principe de la séparation de l'ordre civil et de l'ordre religieux. Ces actes qui, jusqu'à la fin de cette année, continuèrent à être dressés dans les paroisses, furent, à partir du 1er janvier 1793, reçus dans chaque commune par un ou plusieurs des membres de la municipalité désignés à cet effet ; la loi du 26 pluviôse an VII en confia le soin aux maires et adjoints ; et c'est la forme qui s'est conservée jusqu'aujourd'hui.

On voit par cet aperçu que les registres perdus peuvent se partager en deux périodes, l'une avant, l'autre depuis 1793 : périodes inégales en durée, mais plus inégales, dans un rapport inverse, quant à leur importance pour la vie civile. Il ne faudrait pas croire pourtant que la première n'intéresse que l'histoire et les traditions domestiques. Plus d'un procès en succession à un degré admis par la loi pourrait exiger que l'on y recourût. Aussi, bien que le travail doive principalement porter sur la seconde période, et que ce soit celle qui offrira incomparablement le plus de matériaux et réclamera le plus d'expéditions, il faut reconnaître que la première ne peut être négligée à aucun titre.

Comment procéder à ce travail ?

Le Gouvernement avait un précédent bien funeste aussi, dans une calamité analogue qui frappa la ville de Soissons à la fin des guerres du premier empire. Il n'avait point paru alors qu'il fût possible de s'en tenir aux règles posées par le Code pour le cas où des registres de l'état civil sont perdus ou détruits ; et une ordonnance du 9 janvier 1815 prescrivit des mesures spéciales. Le désastre actuel, infiniment plus considérable, imposait bien plus encore la nécessité d'entrer dans cette voie. A cet effet, le Gouvernement propose de nommer une Commission de 21 membres, empruntés tout à la fois à l'ordre administratif et à l'ordre judiciaire : Commission qui devra à la fois diriger le travail et donner aux actes rétablis un caractère public, et qui pourra, quand il s'agira d'examiner les pièces et de les admettre, se subdiviser en sections de trois membres.

Nous proposons de laisser le nombre des membres de la Commission elle-même à la discrétion de M. le Garde des Sceaux. Il serait possible que les besoins du service exigeassent qu'il y introduisît quelques membres de plus, et il ne faut pas qu'il en soit empêché par le texte de la loi. Si le désastre est grand, les matériaux pour le réparer sont en effet considérables; et, soit pour les découvrir, soit pour les mettre en œuvre, ils pourraient réclamer le concours d'hommes initiés de longtemps aux richesses de nos dépôts publics et au classement des pièces d'archives.

L'art. 2, qui institue la commission, indique aussi, d'une manière sommaire et nullement limitative d'ailleurs, les sources diverses auxquelles elle pourra puiser.

Pour la première période, on aura, en première ligne, les extraits conservés par les familles, ou annexés aux anciennes minutes des notaires. On aura aussi de nombreux documents gardés dans les dépôts publics. Ainsi les productions généalogiques, faites en diverses circonstances sous l'ancien régime, ont fait entrer, dans beaucoup de dossiers des archives de l'Etat et du cabinet des titres à la Bibliothèque Nationale, des extraits authentiques d'actes de baptême et de mariage. A la Bibliothèque Nationale, on trouvera, en outre, des extraits considérables des registres de diverses paroisses de Paris, extraits faits ici sans caractère officiel et quelquefois en vue de travaux généalogiques. Il y faut joindre une table alphabétique de trois registres contenant décès, abjurations, baptêmes et mariages de la paroisse Saint-Louis de l'hôtel des Invalides, depuis 1695 jusqu'au 31 décembre 1726 (fonds français 8,635); pour les mariages, en particulier, les registres des publications de l'église Saint-Roch 1785-1791 (fonds français 8,625); pour les décès, deux petits registres mortuaires originaux de l'église des Feuillants, contenant une dizaine d'enterrements qui se rapportent aux années 1766 et 1788 (fonds français nos 11,764 et 11,765). Ajoutez les relevés des épitaphes qu'on pouvait lire dans toutes les églises de Paris, etc.

Pour la période qu'on peut appeler contemporaine, de 1793 à 1860, on aura aussi, mais dans de plus vastes proportions, les documents fournis par les familles ou recherchés d'office: 1° les extraits authentiques des registres perdus, produits par les particuliers ou les administrations qui les auraient en dépôt ; 2° les déclarations faites par les intéressés ou par les tiers : déclarations qui peuvent acquérir la valeur d'une déclaration originaire, quand elles sont refaites par les mêmes personnes et appuyées de papiers de familles ; 3° les papiers d'un caractère public qui reproduisent la substance des actes authentiques, tels que feuilles d'appel, engagements volontaires, certificats de libération, etc. ; les registres tenus par les ministres des différents cultes, et chez les juifs, dont les actes n'ont rien de commun aux deux sexes que pour les mariages, les renseignements recueillis sur la naissance des enfants mâles à la circoncision. Pour les décès à l'égard desquels les registres des églises font défaut ou sont incomplets, les registres des hôpitaux et des cimetières, les tables de décès dressées par l'Administration des Domaines d'après les états périodiques qui lui sont envoyés des mairies, et ces états lorsqu'ils existeront encore ; enfin tout autre document public ou privé que la Commission appréciera.

Les actes rétablis par la Commission, sur les extraits dont elle aura reconnu l'authenticité, et les actes qu'elle aura rétablis en vertu des pouvoirs qui lui sont donnés par l'art. 2, seront signés par un de ses membres et tiendront lieu désormais des actes détruits ; mais quoique admis à les remplacer, ils ne seront jamais des originaux. Les extraits dont l'authenticité aura été reconnue conserveront nécessairement toute la force probante que le Code leur attribue ; les autres actes admis ou restitués feront foi jusqu'à preuve contraire (art. 3). Si la religion des commissaires avait été surprise par quelque pièce ou déclaration fausse ou fautive, on aura toujours, pour y contredire, les voies ouvertes par la loi. — En cas de rejet des pièces ou des déclarations, le recours est ouvert par l'art. 4 devant le tribunal civil. et l'art. 5, qui supprime les frais, en règle aussi la procédure.

Il ne suffisait pas de réglementer de la sorte les décisions de la Commission, il fallait aussi lui en fournir la matière : et ici encore il était besoin du concours de la loi.

Suivons le projet dans les trois genres de sources d'information que nous avons distinguées :

I. — Et d'abord les extraits authentiques des registres détruits. L'article 6 de notre projet fait à tout détenteur une obligation formelle de les produire. Il y a là un intérêt général, et pour chacun, il faut le dire, un intérêt particulier bien entendu. Il n'est personne qui ne doive souhaiter de voir la pièce qu'il possède recevoir un caractère public, et devenir comme un original, dont on pourra désormais tirer autant de copies authentiques qu'il sera nécessaire. Si cet intérêt n'est pas compris, l'État a le droit de commander. Mais pourtant, en cette matière, ce n'est pas assez de contraindre, il est plus sûr d'attirer ; et pour cela il faut donner facilité et sécurité en même temps.

Le projet du Gouvernement ne parlait que d'un dépôt central établi à Paris : c'est fort bien pour Paris ; et encore faudra-t-il voir s'il ne serait pas avantageux d'en établir des succursales dans chaque mairie. Mais ces pièces ne sont pas seulement à Paris, elles sont dispersées, comme les familles originaires de Paris, dans toute la France. Notre projet admet donc que le dépôt s'en pourra faire dans toute mairie ou bien encore au greffe de toute justice de paix ou de tout tribunal de première instance, et même, à l'étranger, aux chancelleries des ambassades ou des consulats. Voilà pour les facilités. Quant à la sécurité, il faudrait qu'au moment du dépôt on pût en délivrer immédiatement une copie certifiée. A Paris cela n'est pas possible : on devra donc se contenter d'un récépissé provisoire.

Mais notre projet demande qu'il soit fait en telle forme, que les mentions essentielles de l'acte y soient contenues : ce qui ne demandera pas trop de temps si l'on veut se prémunir, pour chaque sorte d'extraits à recevoir, de registres à souche où les formules soient imprimées. De cette manière, si par malheur une pièce déposée venait à se perdre, on aurait le moyen matériel de se faire rétablir en justice. Dans les départements et à l'étranger, où il y aura moins de pièces à produire et un plus grand nombre de lieux de dépôt, par conséquent moins de presse, mais, en raison de la distance, plus de chances de perte, un simple extrait ne serait pas tenu pour suffisant; et d'ailleurs on ne peut envoyer partout des registres à souche. Dans ce cas, il nous a paru qu'on devait délivrer au déposant une copie certifiée sur papier libre : délivrance gratuite, sauf l'indemnité à payer au copiste par l'Administration, d'après le taux qui sera fixé par un arrêté ministériel.

Déposés à Paris ou expédiés du dehors, les extraits seront, dès l'arrivée, mentionnés sommairement sur un registre d'entrée avec un numéro d'ordre que l'on reproduira sur la pièce (art. 17); immédiatement après, ils seront soumis à la Commission, et après la vérification qu'elle en aura faite, devront être relatés en substance sur un registre spécial qui contiendra ses procès-verbaux (art. 3). Alors et au plus tard dans le délai d'un mois à partir du dépôt, délai qui paraît fort suffisant pour la vérification d'extraits authentiques, une expédition sur papier libre sera remise au déposant, en échange du récépissé délivré ou de la copie faite sur place; et cette expédition fera la même foi que la pièce dont il s'est dessaisi (art. 6.).

Les administrations publiques, bureaux des ministères, des préfectures, etc., et les divers établissements de l'État, tels que lycées, écoles spéciales, etc., qui ont de ces extraits en dépôt, seront tenus de les remettre ou envoyer dans les mêmes formes (art. 8). Ici l'État peut commander directement à ses agents; mais il a paru bon de soumettre, même en ce cas, les chefs responsables à l'obligation édictée par la loi. Ces extraits seront échangés contre le récépissé; les récépissés ne seront à leur tour échangés contre des expéditions nouvelles qu'autant que les administrations le jugeront indispensable à leurs archives et qu'elles en auront fait la demande (art. 11).

Lorsqu'il existera plusieurs extraits authentiques du même acte, ils devront être tous produits (art. 7); mais cette production n'a d'autre objet que de vérifier leur identité. Un seul sera échangé contre une copie faite après la vérification de la pièce. Les autres, de même que les doubles qui seraient présentés par la suite, seront rendus après avoir été marqués d'une estampille, afin de n'être plus exposés à être envoyés à la Commission.

Cet envoi, en effet, n'est pas seulement imposé aux possesseurs d'extraits : les fonctionnaires de l'ordre administratif ou judiciaire, les officiers ministériels, les séquestres, les administrateurs judiciaires, les juges de paix dressant procès-verbal de description après décès, les notaires ou syndics de faillite procédant à un inventaire, sont tenus de remettre ou d'envoyer au dépôt central, selon les formes susdites et dans le délai de quinze jours, les extraits authentiques qui leur seraient remis ou leur tomberaient entre les mains (art. 9 et 10).

Les avoués se trouvent compris parmi les officiers ministériels, et leur situation pourrait mériter une exception, puisque les extraits qu'ils se trouvent avoir, ils les tiennent de la confiance de leurs clients et ne les ont reçus que pour une fin spéciale. Leur premier devoir sera de faire connaître à la partie intéressée l'obligation qui leur est imposée, si elle n'aime mieux s'en acquitter elle-même, en reprenant la pièce de leurs mains. Quant aux notaires, on n'a pas voulu leur donner la charge de rechercher eux-mêmes et de détacher de leurs minutes les extraits qui y sont annexés : il a paru qu'on pouvait obtenir un résultat aussi complet et aussi sûr par un procédé moins dévastateur. Les employés de l'enregistrement ont le droit de visiter les cartons des notaires dans l'intérêt du fisc ; on pourra leur donner mission d'y rechercher les extraits dont il s'agit, et l'obligation des notaires consistera à en délivrer, sans honoraires, une copie certifiée. Leurs archives sont des dépôts permanents dont ils sont constitués légalement les gardiens par leur titre même. La copie, mentionnant le lieu où la pièce originale se trouve, il sera toujours possible d'y recourir et de la faire représenter en cas de contestation.

II. *Déclarations.* — Le projet du Gouvernement admettait, comme moyen de reconstituer les actes de l'état civil, les déclarations des intéressés et des tiers. Mais il ne s'en occupait plus par la suite. Nous avons pensé que cette matière devait être réglementée comme les autres, qu'elle ne pouvait donner tous ses résultats que si elle devenait générale, et que pour être générale il la fallait soumettre à la contrainte légale. Un projet publié dans la *Gazette des Tribunaux* lui faisait une place considérable. Les déclarations sont en effet la source même des actes de l'état civil; mais il faut reconnaître qu'elles n'ont plus la même force quand les époux ne sont pas là, contractant mariage, et que l'officier public n'est plus en mesure de constater *de visu* la naissance et la mort : néanmoins il ne les faut pas négliger.

Pour mettre de l'ordre dans cette opération, qui devra remuer toute une population comme celle de Paris, pour éviter l'encombrement qui pourrait se produire dans les derniers jours du délai où l'on se serait laissé acculer, il a paru bon de prescrire une sorte de recensement général ; les employés de l'Administration, au lieu d'attendre les déclarations au dépôt central, iront à domicile recevoir les déclarations dans chaque famille, prenant note des pièces qui pourraient être produites à l'appui, ou des registres, tels que registres des paroisses, où l'on en trouverait la confirmation.

C'est après que ces renseignements auront été recueillis que la Commission pourra procéder sans confusion, en appelant auprès d'elle les personnes dont la comparution lui paraîtrait nécessaire pour compléter la restitution des actes ; mais dans tous les cas, à Paris comme en province, le principe de l'obligation subsiste, et notre loi le détermine : obligation pour toute personne née ou mariée à Paris de faire la déclaration en ce qui la concerne ; obligation aux tuteurs, maris ou représentants légaux, de la faire au nom des mineurs, des femmes mariées et autres incapables.

L'article 14 règle les formes de ces déclarations.

Les extraits ou les déclarations envoyés du dehors et toutes les pièces à l'appui seront transmis gratuitement par la poste, avec les garanties assurées aux lettres chargées (art. 15).

III. *Registres et papiers publics.* — Jusqu'ici nous avons parlé du concours que les particuliers devront apporter à la reconstitution des actes de l'état civil : 1° par les extraits authentiques qu'ils devront produire, les possédant ; 2° par les déclarations qu'ils seront appelés à faire. Il est une troisième source où la Commission devra puiser par sa propre initiative, je veux parler des registres et papiers publics.

L'Administration possède plusieurs séries de documents, généralement rédigés sur des extraits d'actes authentiques : tels sont les feuilles d'appel, les engagements volontaires, les certificats de libération. Ce sont des pièces d'un caractère public ; mais comme elles n'avaient pas pour objet de certifier les choses essentielles à l'acte de naissance, qu'elles ne sont faites d'ailleurs que sur des extraits, et que même, à défaut d'extraits, elles auraient pu se rédiger sur de simples déclarations, on ne peut les admettre que comme pièces à vérifier ; cependant elles ont de la valeur, et il importe de les recueillir par ordre de date et de les cataloguer exactement. Une série plus considérable est celle des registres tenus par les ministres des différents cultes. Sans avoir un caractère public, c'est évidemment la source la plus abondante et la plus précieuse, comme la seule continue, pour les naissances rappelées dans l'acte de baptême, et pour les mariages célébrés après l'acte civil et sur l'attestation de l'officier civil. Il n'en est pas malheureusement ainsi pour les décès.

Depuis que les actes de l'état civil ont été retirés de l'Église, elle n'a plus en vue que le sacrement et a pu négliger les registres d'inhumation ; mais pour les autres ils ont toujours été, à Paris surtout et dans les communes voisines, tenus avec une régularité irréprochable. Ces registres ont donc une importance de premier ordre pour le travail d'ensemble qu'il s'agit d'opérer, et il est indispensable que la Commission les ait sous la main.

De même que l'État oblige les particuliers à lui remettre leurs extraits authentiques, de même il semble qu'il pourrait demander, en vue du but à atteindre, la concession de ces registres. Mais il faut tenir compte des besoins pour lesquels ils sont dressés, et des garanties que présentent les lieux mêmes où on les conserve. Notre projet se borne à prescrire qu'ils soient mis à la disposition de l'État pour le dépouillement dont

il s'agit. On devra se procurer de même les registres des hôpitaux et des cimetières et les tables de décès dressées par
l'Administration des domaines. Ils sont indispensables à la
Commission pour combler les lacunes que présentera la série
des actes authentiques et servir, au besoin, de supplément ou
de contrôle aux déclarations recueillies.

Les extraits authentiques, les déclarations justifiées, les
actes rétablis d'office d'après les registres et papiers dont il
vient d'être question, voilà les trois éléments à l'aide desquels
se recomposeront les archives de l'état civil de Paris. Mais ces
actes, une fois recueillis et admis, comment les réunir et les
ramener à cette forme qu'ils avaient jadis et que le Code veut
en tout temps assurer à l'état civil, je veux dire la forme de registres? C'est la question qui a le plus occupé votre Commission, et, avant de prendre définitivement un parti, elle a voulu
conférer avec M. le Garde des Sceaux; elle a entendu deux des
membres de la Commission que M. le Garde des Sceaux a
établie pour préparer ce travail; elle a reçu des communications des deux hommes qui, par leurs fonctions et leur habitude
de ces matières, paraissaient pouvoir le mieux l'éclairer de
leur expérience : les archivistes du département de la Seine et
du greffe du tribunal de première instance de Paris.

Un premier point sur lequel tout le monde s'est trouvé
d'accord, c'est de renoncer à rétablir les actes par arrondissement et par commune et de ne faire qu'une seule collection
générale pour tous, avec les trois grandes divisions que l'état
civil comporte : 1° naissances, à qui se rattachent les reconnaissances d'enfants naturels et les adoptions; 2° mariages,
avec les divorces comme accessoires; 3° décès; mais cela
admis, la divergence d'opinion commence.

L'avis qui avait prévalu dans la commission instituée par M. le
Garde des Sceaux, était de transcrire les actes, aussitôt après
leur admission, sur des registres préparés à l'avance, année
par année, pour chacune des trois grandes divisions ci-dessus
indiquées. On y trouvait l'avantage de les fixer dès qu'ils
étaient admis. Des tables devaient remédier à la confusion

6

résultant de cette façon de les inscrire à la suite l'un de l'autre, au hasard de leur présentation, dans les seules limites d'une même année, et empêcher qu'on n'insère une deuxième et une troisième fois ceux dont les extraits auraient déjà été reçus.

Mais, peut-on répondre qu'on évitera toujours ce double emploi? et est-ce un si grand avantage de hâter la transcription d'un extrait sur le registre, si, après cela, on vient à en recevoir un autre qui présente des différences dans l'orthographe des noms, et qui est peut-être le plus fidèle! Souvent cet extrait meilleur pourra être rejeté à première vue, comme un double inutile, ou si l'on croit devoir le préférer, il faudra faire des corrections sur le registre; et que de corrections d'ailleurs n'y devra-t-on pas opérer, puisqu'on n'aura pas la ressource de faire recommencer à l'écrivain une copie mal faite, puisque si mauvaise qu'elle soit, elle aura pris sa place sur la feuille cotée!

Enfin, on se propose de rétablir l'état civil, tel qu'il était. Or, ce qui est le caractère le plus saillant des registres de l'état civil, c'est la succession chronologique des actes dans les limites de quelques jours; et, avec le système dont il s'agit, tel acte du 31 décembre précédera un acte du 1er janvier de la même année. Mais l'inconvénient le plus grave, c'est qu'en transcrivant tout sur un même registre coté à l'avance, on se privera de la ressource que nous offrent ces extraits authentiques, dont on se bornera à prendre copie pour les reléguer eux-mêmes parmi les pièces d'archives. Or, c'est par centaines de mille que se compteront ces extraits; et il n'y a pas seulement là une perte de temps et d'argent, il y a un dommage plus grave. On s'expose à multiplier les erreurs auxquelles, dans tous les temps et pour les textes les plus sacrés, a toujours été exposé l'art, si perfectionné et si surveillé qu'il soit, des copistes; on donnera le caractère officiel à la copie, quand on a sous la main l'original; car ces extraits sont, depuis l'incendie, tout ce qui nous reste des originaux.

Pour toutes ces raisons, votre Commission s'est ralliée à un parti tout différent.

Les extraits reconnus authentiques, les actes rétablis soit sur les déclarations justifiées, soit sur les registres ou papiers publics, seront, dans les trois grandes divisions des naissances, mariages et décès, rangés en portefeuille par années, mois et jours, et notés en même temps dans deux séries de fiches, l'une par ordre alphabétique, l'autre par ordre de date. Les doubles extraits, quand on en aura, ou les copies de ces extraits et de tous les actes restitués, composeront la seconde collection, destinée au greffe du tribunal. Lorsque le travail sera jugé assez avancé, quand on aura recueilli toutes les déclarations possibles, dépouillé tous les registres ou papiers publics dont on aura la disposition, et que la remise ou l'envoi des extraits authentiques aura à peu près cessé, on fermera ces portefeuilles, on révisera le classement chronologique des actes qui les composeront, on les numérotera et on les reliera en volumes. Un arrêté ministériel, rendu sur un avis de la Commission, en fixera l'époque.

L'œuvre sera-t-elle achevée? Non, car de toute manière, comme elle est fatalement incomplète, elle sera nécessairement sans fin. On devra donc ouvrir une nouvelle série de portefeuilles, où seront classés de la même sorte les actes qui seront rétablis dans la suite sur des extraits authentiques, des déclarations ou des papiers postérieurement déposés ou recueillis; et un jour viendra où cette seconde série pourra être close comme la première. Après quoi, pour tout ce qui se retrouvera encore, une loi pourra prescrire que l'on revienne à la façon commune de rétablir les actes omis, selon les règles du Code.

Ce que nous avons dit des inconvénients du premier système peut être invoqué en faveur de celui-ci, qui en est le contrepied. Nous gardons comme originaux les actes authentiques, toutes les fois que nous les trouvons, et ils se compteront comme nous l'avons dit, par centaines de mille; nous conservons à nos deux collections l'ordre rigoureusement chronologique, qui est l'ordre vrai et suivi de tout temps; nous en formons des registres, mais seulement à une époque où tous les extraits d'un même acte, s'il y en a plusieurs, ont pu être recueillis, comparés ; où une déclaration simple, un acte rétabli sur la foi d'un registre non officiel, n'a pas pu usurper la place d'un extrait authentique produit un peu plus tard.

Nous reprochions à l'autre système sa fixité prématurée avec la confusion qu'elle entraîne. On alléguera contre le nôtre sa fixité tardive, et le désordre auquel elle peut donner lieu. Les actes de l'état civil ne sont pas seulement des pièces d'archives qui peuvent dormir dans des cartons. On a besoin de les consulter fréquemment, on en réclame journellement des copies. La pièce originale ne pourra-t-elle pas être soustraite, ou du moins égarée dans ces communications de tous les jours : et alors que devient l'état civil?

Le péril n'est pas aussi grand qu'on le craint. La France, où l'on compte le grand dépôt des archives nationales, les archives de nos principaux ministères, et tant d'autres dépôts si parfaitement tenus et gardés, n'est pas si pauvre en archivistes habiles, que l'on puisse craindre pour le sort des deux dépôts qu'il s'agit d'établir sous cette forme, en attendant que leurs portefeuilles puissent être convertis en registres, et les communications journalières n'ont pas non plus tous les dangers que l'on redoute.

On semble croire que tout copiste ira prendre dans les portefeuilles l'acte dont copie sera demandée, l'y reportera ou ne l'y reportera pas, et, l'y reportant, sera exposé à le remettre hors de place. Ce n'est pas ainsi que les choses se passeront.

La garde des archives sera, dans chaque dépôt, confiée à un chef responsable ; c'est lui seul qui prendra dans le portefeuille l'acte demandé, lui seul qui l'y remettra ; et on ne manquera pas d'exiger qu'il tienne note des actes communiqués par lui à ses employés, et veille, le soir, à ce que tous lui soient remis. A combien, d'ailleurs, se montera par jour le nombre des actes demandés? Une centaine serait beaucoup, et ce nombre n'excède assurément pas la somme de vigilance qu'on peut attendre d'employés de cet ordre. Les erreurs ne seront donc pas à craindre. On pourrait, s'il en était besoin, recourir aux moyens dont on use dans quelques bibliothèques publiques :

une planchette, mise à la place du livre prêté, marque à l'œil
l'endroit où il doit être replacé. Si, par impossible, un acte était
mal remis et ne se retrouvait pas, on le retrouverait à sa
place dans l'autre dépôt : car deux erreurs pareilles ne sont pas
admissibles ; et, quant aux soustractions frauduleuses, les supposer dans ces conditions, autant vaudrait supposer la lacération ou la falsification d'un registre ; car la lacération d'un
registre serait peut-être encore plus facile et ne serait pas
plus criminelle.

C'est donc sans crainte pour la bonne conservation des actes
rétablis que nous proposons ce système, et il l'emporte à tout
autre titre : ordre méthodique, économie, fidélité.

Qu'on n'oublie pas d'ailleurs toutes les garanties dont votre
Commission s'est attachée à entourer, dès le commencement
de l'opération, les actes qu'il s'agit de rétablir : récépissé contenant les parties essentielles de l'acte au moment du dépôt, et
mention sur un registre d'entrée, avec un numéro d'ordre reproduit sur la pièce ; enregistrement sommaire sur le livre des
procès-verbaux de la Commission au moment où l'admission
est prononcée ; délivrance d'une expédition certifiée de l'acte
admis ; double fiche alphabétique et chronologique au moment
du classement : ce qui prépare la rédaction des tables décennales, et permet, en attendant, de retrouver les actes, sans remuer les portefeuilles ; enfin numérotage et reliure en registres à la clôture de cette grande entreprise. Il y a là contre la
fraude et l'erreur autant de sûretés qu'il est permis à la prudence humaine d'en réclamer ; et nous espérons que, prati-
quée en son temps par des employés bien choisis pour ce travail, chacune de ces opérations concourra, sans trop de peine
et de dépense, au but que nous voulons atteindre.

La reconstitution des actes de l'état civil a un intérêt telle-
ment général, qu'après avoir fait appel au concours de tout
le monde, on ne pouvait cependant laisser à l'arbitraire de
chacun la faculté d'y aider s'il en a les moyens. Une sanction
pénale est jointe à cette obligation par l'art. 19. Comme il
s'agit d'une contravention, la peine frapperait tout délinquant

sans qu'il puisse exciper de sa bonne foi ; or, il y a bien des cas où le seul fait d'être condamné, si légère que soit la peine, serait chose excessive. Un homme a dans son grenier des papiers qu'il ignore ; un inventaire les fait examiner, un extrait authentique s'y trouve ; il n'a pas été remis dans le délai fixé, il y a contravention, la condamnation est fatale. Telle n'est pourtant pas la pensée du Gouvernement ; ce n'est pas non plus ce que veut votre Commission ; et c'est pourquoi nous avons introduit dans l'article le mot *sciemment* qui est dans l'exposé des motifs. Pour les déclarations, qui peuvent engager un beaucoup plus grand nombre de personnes, nous avons voulu que le juge fût libre de condamner ou d'absoudre ; faculté qui se retrouve en d'autres matières, par exemple, en cas de banqueroute, même lorsque les faits sont constants.

Il pourra se présenter des cas où l'on ne se bornera pas à retenir par négligence ou mauvais vouloir des actes authentiques, où l'on ira jusqu'à les cacher, les recéler ou les détruire, en vue de supprimer ou de modifier l'état civil d'une personne, de changer l'ordre de dévolution d'une succession, ou pour toute autre combinaison frauduleuse. Ici, de la contravention on peut passer au délit et au crime : l'art. 20 porte des peines correctionnelles ou criminelles selon le cas. Nous avons ajouté au projet du Gouvernement un paragraphe qui porte les mêmes peines, d'après les mêmes distinctions, contre tout individu qui, aux mêmes fins, aurait fait une fausse déclaration ; sans préjudice des dispositions du Code pénal dans le cas où une infraction aux prescriptions de la présente loi se rattacherait à un acte qualifié crime ou délit : par exemple un défaut de déclaration, s'il avait pour objet, et entraînait pour résultat la suppression de l'état civil d'une personne.

Quand il y aura soupçon de crime ou de fraude (et c'est le cas des articles 20 et 21 de notre loi), l'action de la justice doit être sans entraves : nous ne voulons déroger en rien aux dispositions du Code d'instruction criminelle. Des perquisitions pourront être faites, aux termes des articles 35-39, 87-90 de ce code, au domicile du prévenu, ou dans les lieux où les pièces seraient présumées cachées. Mais nous ne croyons pas qu'il faille étendre ces mesures à toutes les contraventions prévues par notre loi. Le travail qu'il s'agit d'entreprendre durera longtemps. Nul ne peut dire quand on en verra la fin. Il ne faut pas qu'à une époque quelconque, sous un régime moins scrupuleux que le Gouvernement d'aujourd'hui, on puisse, en prétextant la recherche d'extraits authentiques, fouiller les papiers des citoyens et pénétrer dans leurs secrets de famille. En n'autorisant, dans les cas ordinaires, les perquisitions que chez les personnes qui, par profession, auraient en dépôt ou détiendraient des actes de l'état civil appartenant à autrui (art. 22), notre loi protège l'inviolabilité du domicile contre l'abus de pareilles investigations.

Nous avons maintenu sans modifications les articles suivants du projet du Gouvernement : l'art. 12 (21), qui impose aux parents, pères, mères ou tuteurs, sous les peines portées par la loi du 21 mars 1832, l'obligation de déclarer leurs fils ou pupilles compris par leur âge dans le contingent de l'armée; l'art. 13 (23), qui applique l'article 463 du Code pénal aux peines édictées à la présente loi; l'article 14 (24), qui règle la reconstitution en double des registres dont un seul exemplaire est détruit; l'article 15 (25), qui exempte du timbre les registres à refaire, et l'article 16 (26), qui met par moitié à la charge de l'Etat et de la ville les dépenses de ce travail.

Sans toucher en aucune sorte à la loi de la responsabilité des communes, ni à l'exception que Paris revendique comme étant, non pas une commune ordinaire, mais le siége de l'Etat, il nous a paru que le partage était juste dans le cas présent : car si l'un des doubles a péri dans un dépôt de la ville, l'autre a été détruit dans un dépôt de l'Etat, et l'on peut dire, en outre, qu'en raison des alliances des familles de Paris et de la province, et des émigrations si fréquentes de l'un à l'autre depuis deux cents ans, ce travail intéresse non pas seulement Paris, mais toute la France.

En assurant, comme il est juste, aux particuliers, la gratuité

pour les copies qui leur seront délivrées en échange des
extraits authentiques dont ils se priveront, on n'entend pas
l'imposer aux fonctionnaires qui devront faire ces copies. Un
arrêté ministériel fixera l'indemnité due à eux et à tout officier
public pour les obligations nouvelles qui leur seront imposées
par cette loi (art. 27).

La Commission vous présente donc le projet de loi ainsi
modifié :

Projet du Gouvernement.

ARTICLE PREMIER.

Les actes de l'état civil de la ville de Paris et des communes
annexées en 1859, qui ont été perdus ou détruits pendant
l'insurrection, seront reconstitués, soit au moyen des extraits
des anciens registres délivrés conformes, soit d'après les
papiers domestiques, registres des paroisses et autres documents publics ou privés, soit sur la déclaration des personnes
intéressées ou des tiers.

ART. 2.

Une commission, composée de vingt et un membres nommés
par le Ministre de la Justice, sera chargée de la reconstitution
de l'état civil.

Elle surveillera et contrôlera les travaux préparatoires faits
par l'autorité administrative.

Elle prononcera l'admission, soit des extraits des registres
qui seront produits, soit des demandes en rétablissement d'actes sur documents ou déclaration. Pour prendre ces décisions,
elle pourra se diviser en sections de trois membres au moins.

ART. 3.

Les actes transcrits ou rétablis sur les registres par décision

de la Commission et signés par l'un de ses membres tiendront
lieu des actes perdus ou détruits, et feront la même foi, tant
qu'ils ne seront pas contestés, soit par les parties intéressées,
soit par le ministère public.

Les contestations seront instruites sans frais et jugées conformément aux articles 46, 99, 100 et 101 du Code civil, 855
et suivants du Code de procédure.

ART. 4.

En cas de rejet par la Commission, soit des extraits produits,
soit des demandes en rétablissement d'acte, il sera statué
par le tribunal qui pourra être saisi par les parties intéressées,
ou d'office par le ministère public.

ART. 5.

Toute personne qui détient, à quelque titre que ce soit, un
extrait authentique d'un acte de naissance, de reconnaissance,
de mariage ou de décès, dressé antérieurement au 1er janvier
1860, à Paris et dans les communes annexées, devra, dans le
délai d'un an, à partir de la promulgation de la présente loi, en
effectuer la remise ou l'envoi au dépôt central établi à cet effet.

Cette disposition est également applicable aux actes de
naissance reçus à la mairie du 12e arrondissement, depuis le
1er janvier 1870 jusqu'au 25 mai 1871.

Un récépissé sera délivré au moment de la remise et sera
échangé plus tard gratuitement contre une expédition sur papier libre qui fera la même foi que la pièce déposée.

ART. 6.

Toute personne qui détient plusieurs extraits du même
acte de l'état civil dressé dans les lieux et dans les périodes ci-

dessus indiqués, devra, dans le délai prévu par l'article précédent, les remettre ou les envoyer tous au dépôt central. Un de ces extraits sera gardé afin de servir d'original pour la confection des nouveaux registres. Les autres extraits seront rendus au détenteur, après avoir été marqués d'une estampille.

Art. 7.

Tout fonctionnaire de l'ordre administratif, tout officier public ou ministériel, tout greffier, tout sequestre et administrateur judiciaire, auquel sera remis, pour en faire usage, un extrait non revêtu de l'estampille d'un des actes indiqués dans l'article 1er, devra retenir cet extrait et en effectuer la remise ou l'envoi au dépôt central dans le délai de trente jours.

Art. 8.

Tout juge de paix qui, en dressant un procès-verbal de description après décès, tout notaire ou tout syndic de faillite, qui, en procédant à la confection d'un inventaire, trouvera un extrait d'un des actes indiqués en l'article 1er, sera tenu d'en effectuer la remise ou l'envoi au dépôt central dans les trente jours de la clôture des opérations.

Art. 9.

Si l'extrait d'un des actes de l'état civil indiqués dans l'article 1er est trouvé dans les papiers d'une personne décédée, avant ou sans qu'il y ait eu procès-verbal de description ou d'inventaire, les héritiers ou ayants cause à titre universel du défunt, devront en effectuer la remise ou l'envoi au bureau central dans le délai de six mois, à partir de l'ouverture de la succession.

Art. 10.

Toute infraction aux dispositions des articles 5, 6, 7, 8 et 9 sera punie d'une amende de 16 fr. à 300 fr.

Art. 11.

Quiconque aura caché, soustrait ou détruit un extrait d'un des actes indiqués dans l'article 1er en vue de modifier ou de supprimer l'état civil d'une personne, sera puni de la réclusion.

Si l'acte a été caché, soustrait ou détruit dans le but d'intervertir l'ordre de dévolution d'une succession ou en vue d'une combinaison frauduleuse quelconque, la peine sera d'un an à cinq ans d'emprisonnement et d'une amende de 50 fr. à 3,000 fr.

Art. 12.

Les pères, mères ou tuteurs, sont tenus de déclarer à la mairie de leurs communes respectives la date de la naissance de leurs enfants ou pupilles soumis aux lois sur le recrutement de l'armée et dont les actes de naissance, incendiés ou détruits, n'auraient pas été rétablis en vertu de la présente loi.

Cette déclaration aura lieu dans l'année qui précédera celle de l'obligation, sous les peines portées en l'article 38, titre IV de la loi du 21 mars 1832.

Pour la classe de 1871, la déclaration sera faite dans le délai de 15 jours, à partir de la date de la promulgation de la loi d'appel.

Il n'est rien innové en ce qui touche les obligations résultant pour les pères, mères, tuteurs et jeunes gens, des dispositions des lois sur le recrutement.

Art. 13.

L'article 463 du Code pénal est applicable aux peines édictées par la présente loi.

Art. 14.

Il sera fait, par les soins des maires des arrondissements de Paris, une copie littérale des registres de l'état civil des années 1860 à 1871, conservés dans les mairies et dont le double a été détruit dans l'incend e du Palais de Justice.

Chacun des actes recopiés sera signé par le maire ou par l'un des adjoints. La signature du maire ou adjoint sera précédée des mots : « pour copie conforme en remplacement de la minute détruite pendant l'insurrection. »

Après l'achèvement du travail, les doubles collationnés seront déposés au greffe du tribunal civil.

Art. 15.

Les registres destinés à recevoir les actes transcrits ou refaits en exécution de la présente loi, seront exempts du timbre.

Art. 16.

Les dépenses auxquelles donnera lieu l'exécution de la présente loi, seront supportées pour moitié par l'État et pour moitié par la Ville de Paris.

Projet de la Commission.

Art. 1er.

Les actes de l'état civil de Paris et des communes y annexées en 1859, dont les registres ont été détruits pendant la dernière insurrection, seront reconstitués.

Ce travail portera sur tous les actes antérieurs ou postérieurs à la loi de 1792 jusqu'en 1860, et pour la mairie du 12e arrondissement (Bercy), depuis le 1er janvier 1870 jusqu'au 25 mai 1871.

ART. 2.

Une commission nommée par le Ministre de la Justice sera chargée de la reconstitution des actes mentionnés en l'article précédent.

Ces actes seront rétablis :

1° D'après les extraits des anciens registres délivrés conformes ;

2° Sur les déclarations des personnes intéressées ou des tiers et d'après les documents qui auront été déposés à l'appui ;

3° D'après les registres tenus par les ministres des différents cultes, les registres des hôpitaux et des cimetières, les tables de décès rédigées par l'administration des domaines et toutes les pièces qui peuvent reproduire la substance des actes authentiques.

La Commission surveillera et contrôlera les travaux préparatoires faits par les soins de l'Administration.

Pour prendre ses décisions, elle pourra se diviser en sections de trois membres au moins.

ART. 3.

Il sera dressé procès-verbal de chaque séance tenue par la Commission ou par une section de la Commission.

Ce procès-verbal, écrit sur un registre spécial et signé du président de la Commission ou de la section, mentionnera sommairement chacune des décisions prises dans la séance.

Les actes admis par la Commission seront signés par un de

ses membres. Ceux dont l'authenticité aura été reconnue auront toute la valeur probante que leur attribue le Code civil ; les actes rétablis par la Commission feront foi jusqu'à preuve contraire.

Art. 4.

En cas de rejet par la Commission , soit des actes produits, soit des demandes en rétablissement d'actes, avis en sera donné dans la huitaine au déposant ou déclarant. En cas de contestation , il sera statué par le tribunal de première instance qui pourra être saisi par les parties intéressées ou d'office par le ministère public.

Art. 5.

Toute contestation sera instruite sans frais et jugée conformément aux articles 46, 99, 100 et 101 du Code civil et 855 et suivants du Code de procédure.

Art. 6.

Toute personne qui détient, à quelque titre que ce soit, un extrait authentique d'un acte de naissance, de reconnaissance d'enfant naturel, de mariage, de divorce ou de décès, dressé dans le temps et dans les lieux ci-dessus marqués, devra, dans le délai d'un an, à partir de la promulgation de la présente loi, en effectuer la remise ou l'envoi au dépôt central établi à cet effet à Paris.

Un récépissé sera délivré au moment de la remise. Après que la pièce aura été soumise à la Commission, et au plus tard dans le délai d'un mois, ce récépissé sera échangé gratuitement contre une expédition sur papier libre qui fera la même foi que la pièce déposée.

Ce récépissé contiendra les indications suivantes :

1° Le numéro de l'arrondissement, ou le nom de l'ancienne commune ou de l'ancienne paroisse ;

2° Pour les actes de naissance, l'année et le jour de la naissance, les noms et prénoms de l'enfant, les noms et prénoms de ses père et mère légitimes ou naturels ;

Pour les actes de mariage ou de divorce, l'année et le jour du mariage ou du divorce, les noms et prénoms des époux et de leurs pères et mères ;

Pour les actes de décès, l'année et le jour de la mort, les nom, prénoms et âge du défunt, s'il était marié, veuf ou célibataire.

Si à la suite de l'acte déposé, il y a une mention de reconnaissance, d'adoption, de rectification ordonnée par jugement, ce récépissé contiendra l'extrait de cette mention.

Dans les départements autres que celui de la Seine, le détenteur pourra faire la remise des extraits ci-dessus mentionnés, soit à la mairie, soit à la justice de paix, soit au greffe du tribunal civil du lieu de sa résidence, et à l'étranger aux chancelleries des ambassades ou des consulats. Il lui en sera donné, sur papier libre, une copie dûment certifiée qui servira de récépissé et qui sera échangée gratuitement contre l'expédition dont il est parlé au deuxième paragraphe du présent article.

Art. 7.

Toute personne qui détient plusieurs extraits du même acte de l'état civil, dressés dans les lieux et dans les périodes ci-dessus indiqués, devra, dans le délai fixé et selon le mode déterminé par l'article précédent, les remettre ou les envoyer tous au dépôt central. Un de ces extraits sera gardé afin de servir d'original pour la confection des nouveaux registres. Les autres seront rendus au détenteur après avoir été marqués d'une estampille.

Art. 8.

Les administrations et tous les établissements publics, tels que lycées, colléges, facultés, écoles spéciales qui ont dans leurs archives des extraits d'actes de l'état civil énoncés en l'article premier, devront les remettre ou les faire parvenir au dépôt central dans les formes ci-dessus indiquées.

Art. 9.

Tout fonctionnaire de l'ordre administratif ou judiciaire, tout officier public ou ministériel, tout greffier, tout séquestre et administrateur judiciaire auquel sera remis, pour en faire usage, un extrait non revêtu de l'estampille d'un des actes indiqués dans l'article 1er, devra en effectuer la remise ou l'envoi, conformément à l'article 6, dans le délai de quinze jours.

Art. 10.

Tout juge de paix qui, en dressant un procès-verbal de description après décès, tout notaire ou tout syndic de faillite, qui, en procédant à la confection d'un inventaire, trouvera un extrait d'un des actes indiqués en l'article 1er, sera tenu d'en effectuer la remise ou l'envoi, conformément à l'article 6, dans les quinze jours.

Art. 11.

Si l'extrait d'un des actes de l'état civil indiqués dans l'article 1er est trouvé dans les papiers d'une personne décédée, avant ou sans qu'il y ait eu procès-verbal de description ou d'inventaire, les héritiers ou ayants cause à titre universel du défunt devront en effectuer la remise ou l'envoi, conformément à l'article 6, dans le délai de six mois à partir de l'ouverture de la succession.

Dans tous les cas prévus par les articles 7, 9, 10 et 11, des récépissés ou des copies, selon les distinctions établies dans l'article 6, seront délivrés au moment du dépôt et échangés, dans le délai d'un mois, contre des expéditions sur papier libre qui feront la même foi que les pièces déposées. Quant aux dépôts faits par les administrations ou les établissements dont il est question dans l'article 8, il leur en sera donné récépissé ; les expéditions ne seront échangées contre ces récépissés, que sur une demande spéciale.

Art. 12.

Les notaires tiendront leurs minutes à la disposition des vérificateurs ou employés de l'enregistrement qui auront le droit d'y rechercher les extraits d'actes de l'état civil déposés pour minutes ou annexés à d'autres actes, antérieurement à la présente loi. Une copie certifiée des extraits signalés par ces employés, ou réclamés par la Commission, sera délivrée, sur papier libre et sans honoraires par le notaire, et remise au dépôt central où elle restera.

Art. 13.

Un recensement sera fait à Paris par les soins des maires de chacun des vingt arrondissements, à l'effet de recueillir dans chaque famille, en ce qui la concerne, la déclaration des naissances, mariages ou décès, dont les actes ont été détruits, avec l'indication des pièces qui peuvent aider à les refaire, ou des registres, tels que ceux des paroisses, qui en ont gardé la mention. A la suite de ce recensement, les chefs de famille ou toutes autres personnes pourront être appelés, et, dans ce cas, devront se rendre devant la Commission pour compléter leur déclaration et produire les pièces à l'appui.

7

Dans les départements, toute personne majeure née ou ayant contracté mariage à Paris ou dans les communes annexées, devra, dans le délai de trois mois, à partir de la promulgation de la présente loi, se présenter devant l'officier de l'état civil du lieu de son domicile ou de sa résidence, pour y faire une déclaration sur son état civil.

Les père et mère d'enfants naturels devront faire semblable déclaration.

La déclaration pour les mineurs, les femmes mariées et les autres incapables sera faite par les tuteurs, maris ou représentants légaux.

ART. 14.

Ces déclarations contiendront les mentions essentielles aux divers actes de l'état civil qu'elles auront pour objet de reproduire. Il sera dit si la trace peut en être retrouvée dans les registres tenus par les ministres des différents cultes. Elles seront signées, après lecture, par la personne comparante, par le délégué ou par l'officier civil ; et si le déclarant ne peut signer, mention en sera faite.

Elles seront adressées, avec copie ou extrait des pièces qui seraient présentées à l'appui, au dépôt central dont il est parlé ci-dessus.

Il sera donné au déclarant certificat de sa déclaration.

Hors de France, les déclarations seront reçues aux ambassades, légations ou consulats, et expédiées à Paris dans les mêmes formes.

ART. 15.

L'envoi des extraits et des pièces ou déclarations sus-mentionnées sera fait par la poste, sans frais, avec toutes les garanties assurées aux lettres chargées.

ART. 16.

Indépendamment des extraits produits ou des déclarations faites par les particuliers, il sera procédé à la reconstitution des actes de l'état civil au moyen des papiers publics que l'Administration possède ou des registres qu'elle se fera céder.

A cet effet, les doubles des registres tenus par les ministres des différents cultes seront remis en communication au dépôt central, pendant le temps nécessaire pour en prendre copie.

ART. 17.

Tout extrait authentique, toute déclaration reçue, toute pièce déposée ou envoyée du dehors pour la reconstitution des actes de l'état civil, sera, à la date de l'arrivée, mentionnée sommairement sur un livre d'entrée, avec un numéro d'ordre qui sera reproduit sur la pièce.

ART. 18.

Les extraits dont l'authenticité aura été reconnue, les déclarations admises par décision de la Commission, et les actes rétablis d'office, seront divisés en trois grandes divisions : 1° naissances, reconnaissances d'enfants et adoptions ; 2° mariages et divorces ; 3° décès, et rangés selon leur date, en des portefeuilles correspondant, pour chacune de ces divisions, à chaque année ou partie d'année, en attendant que le travail soit jugé assez avancé pour qu'ils soient reliés en registres.

Ces portefeuilles et ces registres constitueront le dépôt de l'Hôtel de Ville.

Les doubles de ces actes, quand il en existera, ou les copies qui en seront faites, ainsi que les copies des actes rétablis de la Commission formeront une seconde collection qui sera déposée au greffe du tribunal de première instance. Après la confection des registres, les tables décennales seront rédigées d'après les fiches qui auront été dressées à mesure que les actes auront été admis.

ART. 19.

Toute personne qui aura sciemment retenu un extrait authentique, contrairement à l'article 6, ou qui aura négligé de remplir les prescriptions des articles 8, 9, 10 et 11, sera punie d'une amende de 16 francs à 300 francs.

Toute personne qui n'aura pas fait les déclarations prescrites par les articles 13 et 14 pourra être punie de la même peine, sans préjudice de l'application de l'article 21 ci-après, s'il y a lieu.

ART. 20.

Quiconque aura caché, recélé, soustrait ou détruit, un extrait d'un des actes indiqués dans l'art. 1er en vue de modifier ou de supprimer l'état civil d'une personne, sera puni de la réclusion.

Si l'acte a été caché, recélé, soustrait ou détruit, dans le dessein d'intervertir l'ordre de dévolution d'une succession ou en vue d'une combinaison frauduleuse quelconque, sans toutefois qu'il en résulte une modification ou une suppression d'état civil, la peine sera d'un an à cinq ans d'emprisonnement et d'une amende de 50 à 3,000 francs.

Les mêmes peines seront prononcées, d'après les mêmes distinctions, contre tout individu qui, dans le dessein de modifier ou de supprimer l'état civil d'une personne ou en vue d'une autre combinaison frauduleuse, aura fait une fausse déclaration;

Sans préjudice de l'application des dispositions du Code pénal dans le cas où une infraction aux prescriptions de la présente loi se rattacherait à un acte qualifié crime ou délit.

Art. 21.

Les pères, mères ou tuteurs sont tenus de déclarer à la mairie de leurs communes respectives la date de la naissance de leurs enfants ou pupilles soumis aux lois sur le recrutement de l'armée, et dont les actes de naissance, incendiés ou détruits, n'auraient pas été rétablis en vertu de la présente loi.

Cette déclaration aura lieu dans l'année qui précédera celle de l'obligation, sous les peines portées en l'art. 38, titre IV de la loi du 21 mars 1832.

Pour la classe de 1871, la déclaration sera faite dans le délai de 15 jours, à partir de la date de la promulgation de la loi d'appel.

Il n'est rien innové, en ce qui touche les obligations résultant pour les pères, mères, tuteurs et jeunes gens, des dispositions des lois sur le recrutement.

Art. 22.

Des perquisitions domiciliaires pourront être ordonnées, s'il y a lieu, chez toute personne qui, par profession, aurait en dépôt ou détiendrait des actes d'état civil appartenant à autrui ; elles pourront aussi avoir lieu chez toute autre personne, dans les cas prévus par les art. 20 et 21 ci-dessus.

Art. 23.

L'article 463 du Code pénal est applicable aux peines édictées par la présente loi.

Art. 24.

Il sera fait, par les soins des maires des arrondissements de Paris, une copie littérale des registres de l'état civil des années 1860 à 1871 conservés dans les mairies, et dont le double a été détruit dans l'incendie du Palais de Justice.

Chacun des actes recopiés sera signé par le maire ou par l'un des adjoints. La signature du maire ou adjoint sera précédée des mots : *pour copie conforme en remplacement de la minute détruite pendant l'insurrection.*

Après l'achèvement du travail, les doubles collationnés seront déposés au greffe du tribunal civil.

Art. 25.

Les registres destinés à recevoir les actes transcrits ou refaits en exécution de la présente loi seront exempts du timbre.

Art. 26.

Les dépenses auxquelles donnera lieu l'exécution de la présente loi seront supportées pour moitié par l'État et pour moitié par la ville de Paris.

Art. 27.

Un arrêté ministériel déterminera le mode d'exécution de la présente loi et fixera les indemnités à allouer aux officiers publics, en raison des obligations qu'elle leur impose.

Extrait *du compte rendu sténographique de la séance de l'Assemblée nationale du 12 février 1872.*

———— •

M. LE PRÉSIDENT. L'ordre du jour appelle la discussion du projet de loi relatif à la reconstitution de l'état civil de Paris, projet pour lequel l'urgence a été déclarée.

ART. 1er.

« Les actes de l'état civil de Paris et des communes y annexées en 1859, dont les registres ont été détruits pendant la dernière insurrection, seront reconstitués.

« Ce travail portera sur tous les actes antérieurs ou postérieurs à la loi de 1792 jusqu'en 1860, et pour la mairie du 12e arrondissement (Bercy), depuis le 1er janvier 1870 jusqu'au 25 mai 1871. » — (Adopté.)

ART. 2.

« Une commission nommée par le ministre de la justice sera chargée de la reconstitution des actes mentionnés par l'article précédent.

« Ces actes seront rétablis :

« 1° D'après les extraits des anciens registres délivrés conformes ;

« 2° Sur les déclarations des personnes intéressées ou des tiers, et d'après les documents qui auront été déposés à l'appui ;

« 3° D'après les registres tenus par les ministres des différents cultes, les registres des hôpitaux et des cimetières, les tables de décès rédigées par l'administration des domaines et toutes les pièces qui peuvent reproduire la substance des actes authentiques. »

« La Commission surveillera et contrôlera les travaux préparatoires faits par les soins de l'Administration.

« Pour prendre ses décisions, elle pourra se diviser en sections de trois membres au moins. » — (Adopté)

Art. 3.

« Il sera dressé procès-verbal de chaque séance tenue par la Commission ou par une section de la Commission.

« Ce procès-verbal, écrit sur un registre spécial et signé du président de la Commission ou de la section, mentionnera sommairement chacune des décisions prises dans la séance.

« Les actes admis par la Commission seront signés par un de ses membres. Ceux dont l'authenticité aura été reconnue, auront toute la valeur probante que leur attribue le Code civil; les actes rétablis par la Commission feront foi jusqu'à preuve contraire. » — (Adopté.)

Art. 4.

« En cas de rejet par la Commission, soit des extraits produits, soit des demandes en rétablissement d'actes, avis en sera donné dans la huitaine au déposant ou déclarant. En cas de contestation, il sera statué par le tribunal de première instance qui pourra être saisi par les parties intéressées ou d'office par le ministère public. — (Adopté.)

Art. 5.

Toute contestation sera instruite sans frais et jugée conformément aux articles 46, 99, 100 et 101 du Code civil et 855, et suivants du Code de procédure. » — (Adopté.)

Art. 6.

« Toute personne qui détient, à quelque titre que ce soit,

un extrait authentique d'un acte de naissance, de reconnaissance d'enfant naturel, de mariage, de divorce ou de décès, dressés dans le temps et dans les lieux ci-dessus marqués, devra, dans le délai d'un an, à partir de la promulgation de la présente loi, en effectuer la remise ou l'envoi au dépôt central établi à cet effet à Paris.

« Un récépissé sera délivré au moment de la remise. Après que la pièce aura été soumise à la Commission, et au plus tard dans le délai d'un mois, ce récépissé sera échangé gratuitement contre une expédition sur papier libre qui fera la même foi que la pièce déposée.

« Ce récépissé contiendra les indications suivantes :

« 1° Le numéro de l'arrondissement, ou le nom de l'ancienne commune ou de l'ancienne paroisse ;

« 2° Pour les actes de naissance, l'année et le jour de la naissance, les nom et prénoms de l'enfant, les noms et prénoms de ses père et mère légitimes ou naturels ;

« Pour les actes de mariage ou de divorce, l'année et le jour du mariage ou du divorce, les noms et prénoms des époux et de leurs pères et mères ;

« Pour les actes de décès, l'année et le jour de la mort, les nom et prénoms et âge du défunt, s'il était marié, veuf ou célibataire.

« Si à la suite de l'acte déposé, il y a une mention de reconnaissance, d'adoption, de rectification ordonnée par jugement, le récépissé contiendra l'extrait de cette mention.

« Dans les départements autres que celui de la Seine, le détenteur pourra faire la remise des extraits ci-dessus mentionnés, soit à la mairie, soit à la justice de paix, soit au greffe du tribunal civil du lieu de sa résidence, et à l'étranger aux chancelleries des ambassades ou des consulats. Il lui en sera donné, sur papier libre, une copie dûment certifiée qui servira de récépissé et qui sera échangée gratuitement contre l'expédition dont il est parlé au deuxième paragraphe du présent article. »

M. LE GÉNÉRAL ROBERT. Messieurs, je demande à faire

une simple observation sur cet article, à propos de la disposition particulière qui consiste à demander aux détenteurs de copies authentiques d'actes de l'ét t civil de remettre ces pièces, très-importantes pour eux, et dont ils sont légitimement propriétaires, à la Commission chaigée de la réorganisation des registres.

D'après le projet de loi, ces copies authentiques seront échangées d'abord, contre un simple récépissé, et plus tard, contre une copie sur papier libre, sans être jamais restituées aux détenteurs.

Il me semble qu'il y a là un inconvénient, et qu'il serait beaucoup plus juste qu'après s'être servie de ces pièces authentiques, la Commission qui doit reconstituer, avec leur aide, les registres de l'état civil, les rendît aux parties intéressées qui les auront fournies, et ne se contentât pas seulement d'en délivrer une copie sur papier libre. Il y a, Messieurs, un très-grave dommage, pour les familles qui ont eu le soin de se procurer par avance ces extraits, à se voir dépouillées de ces documents précieux pendant un certain temps d'abord, et ensuite définitivement.

Je demande à la Commission si elle ne pourrait pas trouver un procédé à l'aide duquel les inconvénients que je signale disparaîtraient : les extraits authentiques dont il s'agit étant déposés, copie en pourrait être prise pour la reconstitution des registres de l'état civil, et l'original serait ensuite restitué à ceux qui l'auraient fourni.

M. WALLON, *rapporteur*. L'honorable préopinant voudrait que l'extrait authentique déposé par les particuliers fût copié et que cette copie restât au dépôt des archives, tandis que l'extrait authentique serait rendu aux particuliers.

Sans doute c'est un sacrifice qu'on impose aux particuliers : on leur demande de se dessaisir de l'extrait authentique qu'ils ont; mais il faut remarquer que ce sacrifice est dans leur intérêt même, puisque cet extrait authentique doit désormais tenir lieu de l'original détruit, et qu'une fois déposé dans les archives et admis par la Commission on en pourra tirer des copies authentiques autant que les parties intéressées le voudront.

Il semble donc que toute satisfaction leur sera donnée; et, d'un autre côté, on aura l'avantage de reconstituer les actes de l'état civil de Paris avec des pièces prises authentiquement sur les registres originaux; l'intérêt public le demande et il faut que l'intérêt particulier s'y subordonne. (Oui! oui! — Très-bien!)

M. DE TILLANCOURT. D'autant plus que l'intérêt particulier n'en souffre pas.

Voix diverses. C'est évident! — Au contraire!

M. LE PRÉSIDENT. Je mets aux voix l'article 6.

(L'article 6 est mis aux voix et adopté.)

M. LE PRÉSIDENT. Je donne lecture de l'article 7.

ART. 7.

« Toute personne qui détient plusieurs extraits du même acte de l'état civil, dressés dans les lieux et dans les périodes ci-dessus indiqués, devra, dans le délai fixé et selon le mo'e déterminé par l'article précédent, les remettre ou les envoyer tous au dépôt central. Un de ces extraits sera gardé afin de servir d'original pour la confection des nouveaux registres. Les autres seront rendus au détenteur après avoir été marqués d'une estampille. » — (Adopté.)

ART. 8.

« Les administrations et tous les établissements publics, tels que lycées, colléges, facultés, écoles spéciales qui ont dans leurs archives des extraits d'actes de l'état civil énoncés en l'article premier, devront les remettre ou les faire parvenir au dépôt central dans les formes ci-dessus indiquées. » — (Adopté.)

ART. 9.

« Tout fonctionnaire de l'ordre administratif ou judiciaire, tout officier public ou ministériel, tout greffier, tout séquestre et administrateur judiciaire auquel sera remis, pour en faire usage, un extrait non revêtu de l'estampille d'un des actes indiqués dans l'article 1er, devra en effectuer la remise ou l'envoi conformément à l'article 6, dans le délai de quinze jours. »

M. Sebert. Je demande la parole.

M. le Président. La parole est à M. Sebert.

M. Sebert. Messieurs, un délai de quinze jours seulement est accordé pour la remise des extraits dans les cas déterminés par l'article 9. Ce délai de quinze jours avait été trouvé trop court par la Commission extra parlementaire dont j'avais l'honneur de faire partie. Voici quelles étaient ses raisons :

Les extraits dont il est parlé en l'article 9 sont ceux qui ne sont remis à des fonctionnaires publics ou à des officiers ministériels que pour en faire usage. Or l'usage peut ne pas en être fait dans la quinzaine, et la Commission avait pensé qu'il n'y avait aucun inconvénient à accorder un délai de trente jours. Pour une reconstitution d'actes qui aura une longue durée, quinze jours de plus ou de moins n'ont pas d'importance pour le but de la loi, mais ils peuvent être très-utiles pour l'exécution de l'opération pour laquelle on aura à faire usage de l'acte.

Je demande donc que le délai qui avait été fixé à quinze jours, soit porté à trente jours. (Oui! oui! — Appuyé!)

M. le Rapporteur. La Commission ne fait aucune opposition à la substitution de trente jours à quinze jours.

M. le Président. La Commission adopte la modification proposée, qui consiste à substituer trente jours au délai de quinze jours.

Je consulte l'Assemblée sur l'article ainsi modifié.

(L'article 9 modifié est mis aux voix et adopté.)

M. le Président.

Art. 10.

« Tout juge de paix qui, en dressant un procès-verbal de

description après décès, tout notaire ou tout syndic de faillite qui, en procédant à la confection d'un inventaire, trouvera un extrait d'un des actes indiqués en l'article 1er, sera tenu d'en effectuer la remise ou l'envoi, conformément à l'article 6, dans les quinze jours. »

M. SEBERT. Je demande qu'on dise : « Dans les trente jours de la clôture des opérations »

M. LE RAPPORTEUR. Oui, c'est une faute d'impression dans le projet; nous adoptons la rédaction de la fin de l'article en ces termes : « Dans les trente jours de la clôture des opérations. »

M. LE PRÉSIDENT. Je mets aux voix l'article 10 avec cette modification.

(L'article 10, ainsi modifié, est mis aux voix et adopté.)

M. LE PRÉSIDENT.

ART. 11.

« Si l'extrait d'un des actes de l'état civil indiqués dans l'article 1er est trouvé dans les papiers d'une personne décédée, avant ou sans qu'il y ait eu procès-verbal de description ou d'inventaire, les héritiers ou ayants cause à titre universel du défunt devront en effectuer la remise ou l'envoi, conformément à l'article 6, dans le délai de six mois, à partir de l'ouverture de la succession.

« Dans tous les cas prévus par les articles 7, 9, 10 et 11, des récépissés ou des copies, selon les distinctions établies dans l'article 6, seront délivrés au moment du dépôt et échangés, dans le délai d'un mois, contre des expéditions sur papier libre qui feront la même foi que les pièces déposées. Quant aux dépôts faits par les administrations ou les établissements dont il est question dans l'article 8, il leur en sera donné récépissé; les expéditions ne seront échangées contre ces récépissés, que sur une demande spéciale. » — (Adopté.)

ART. 12.

« Les notaires tiendront leurs minutes à la disposition des vérificateurs ou employés de l'enregistrement qui auront le droit d'y rechercher les extraits d'actes de l'état civil déposés pour minutes ou annexés à d'autres actes, antérieurement à la présente loi. Une copie certifiée des extraits signalés par ces employés, ou réclamés par la Commission, sera délivrée sur papier libre et sans honoraires par le notaire, et remise au dépôt central, où elle restera. » — (Adopté.)

ART. 13.

« Un recensement sera fait à Paris par les soins des maires de chacun des vingt arrondissements, à l'effet de recueillir dans chaque famille, en ce qui la concerne, la déclaration des naissances, mariages ou décès, dont les actes ont été détruits, avec l'indication des pièces qui peuvent aider à les refaire, ou des registres, tels que ceux des paroisses, qui en ont gardé la mention. A la suite de ce recensement, les chefs de famille ou toutes autres personnes pourront être appelés, et, dans ce cas, devront se rendre devant la Commission pour compléter leur déclaration et produire les pièces à l'appui.

« Dans les départements, toute personne majeure, née ou ayant contracté mariage à Paris ou dans les communes annexées, devra, dans le délai de trois mois, à partir de la promulgation de la présente loi, se présenter, devant l'officier de l'état civil du lieu de son domicile ou de sa résidence, pour y faire une déclaration sur son état civil.

« Les père et mère d'enfants naturels devront faire semblable déclaration.

« La déclaration pour les mineurs, les femmes mariées et les autres incapables sera faite par les tuteurs, maris ou représentants légaux. » — (Adopté.)

Art. 14.

« Ces déclarations contiendront les mentions essentielles aux divers actes de l'état civil qu'elles auront pour objet de reproduire. Il y sera dit si la trace peut en être retrouvée dans les registres tenus par les ministres des différents cultes. Elles seront signées, après lecture, par la personne comparante, par le délégué ou par l'officier civil; et si le déclarant ne peut signer, mention en sera faite.

« Elles seront adressées, avec copie ou extrait des pièces qui seraient présentées à l'appui, au dépôt central dont il est parlé ci-dessus.

« Il sera donné au déclarant certificat de sa déclaration.

« Hors de France, les déclarations seront reçues aux ambassades, légations ou consulats, et expédiées à Paris dans les mêmes formes. » — (Adopté.)

Art. 15.

« L'envoi des extraits et des pièces ou déclarations susmentionnées sera fait par la poste, sans frais, avec toutes les garanties assurées aux lettres chargées. » — (Adopté.)

Art. 16.

« Indépendamment des extraits produits ou des déclarations faites par les particuliers, il sera procédé à la reconstitution des actes de l'état civil au moyen des papiers publics que l'Administration possède ou des registres qu'elle se fera céder.

« A cet effet, les doubles des registres tenus par les ministres des différents cultes seront remis en communication au dépôt central, pendant le temps nécessaire pour en prendre copie. » — (Adopté.)

Art. 17.

« Tout extrait authentique, toute déclaration reçue, toute pièce déposée ou envoyée du dehors pour la reconstitution des actes de l'état civil, sera, à la date de l'arrivée, mentionnée sommairement sur un livre d'entrée avec un numéro d'ordre qui sera reproduit sur la pièce. » — (Adopté.)

Art. 18.

« Les extraits dont l'authenticité aura été reconnue, les déclarations admises par décision de la Commission et les actes rétablis d'office, seront distribués en trois grandes divisions : 1° naissances, reconnaissances d'enfants et adoptions ; 2° mariages et divorces ; 3° décès, et rangés, selon leur date, en des portefeuilles correspondant, pour chacune de ces divisions, à chaque année ou partie d'année ; en attendant que le travail soit jugé assez avancé pour qu'ils soient reliés en registres.

« Ces portefeuilles et ces registres constitueront le dépôt de l'Hôtel de Ville.

« Les doubles de ces actes, quand il en existera, ou les copies qui en seront faites, ainsi que les copies des actes rétablis de la Commission formeront une seconde collection qui sera déposée au greffe du tribunal de première instance. Après la confection des registres, les tables décennales seront rédigées d'après les fiches qui auront été dressées à mesure que les actes auront été admis. » — (Adopté.)

Art. 19.

« Toute personne qui aura sciemment retenu un extrait authentique, contrairement à l'article 6, ou qui aura négligé de remplir les prescriptions des articles 8, 9, 10 et 11, sera punie d'une amende de **16 fr.** à **300 fr.**

« Toute personne qui n'aura pas fait les déclarations prescrites par les articles 13 et 14 pourra être punie de la même peine, sans préjudice de l'application de l'article 21 ci-après, s'il y a lieu. » — (Adopté.)

Art. 20.

« Quiconque aura caché, recélé, soustrait ou détruit un extrait d'un des actes indiqués dans l'article 1er, en vue de modifier ou de supprimer l'état civil d'une personne, sera puni de la réclusion.

« Si l'acte a été caché, recélé, soustrait ou détruit, dans le dessein d'intervertir l'ordre de dévolution d'une succession ou en vue d'une combinaison frauduleuse quelconque, sans toutefois qu'il en résulte une modification ou une suppression d'état civil, la peine sera d'un an à cinq ans d'emprisonnement. et d'une amende de 50 à 3,000 francs.

« Les mêmes peines seront prononcées, d'après les mêmes distinctions, contre tout individu qui, dans le dessein de modifier ou de supprimer l'état civil d'une personne, ou en vue d'une autre combinaison frauduleuse, aura fait une fausse déclaration, sans préjudice de l'application des dispositions du Code pénal dans le cas où une infraction aux prescriptions de la présente loi se rattacherait à un acte qualifié crime ou délit. » — (Adopté.)

Art. 21.

« Les pères, mères ou tuteurs sont tenus de déclarer à la mairie de leurs communes respectives la date de la naissance de leurs enfants ou pupilles soumis aux lois sur le recrutement de l'armée, et dont les actes de naissance, incendiés ou détruits, n'auraient pas été rétablis en vertu de la présente loi.

« Cette déclaration aura lieu dans l'année qui précédera

celle de l'obligation, sous les peines portées en l'article 38, titre IV de la loi du 21 mars 1832.

« Pour la classe de 1871, la déclaration sera faite dans le délai de quinze jours, à partir de la date de la promulgation de la loi d'appel.

« Il n'est rien innové, en ce qui touche les obligations résultant pour les pères, mères, tuteurs et jeunes gens des dispositions des lois sur le recrutement. » — (Adopté.)

ART. 22.

Des perquisitions domiciliaires pourront être ordonnées, s'il y a lieu, chez toute personne qui, par profession, aurait en dépôt ou détiendrait des actes d'état civil appartenant à autrui ; elles pourront aussi avoir lieu chez toute autre personne, dans les cas prévus par les articles 20 et 21 ci-dessus. »

M. LE PRÉSIDENT. M. Sebert propose la suppression de l'article 22.

M. DE TILLANCOURT. La Commission y consent.

M. LE RAPPORTEUR. Mais non !

M. DUFAURE, *Garde des Sceaux, Ministre de la Justice.* Le Gouvernement la demande.

M. LE RAPPORTEUR. Je ne crois pas que la Commission soit unanime.

M. SEBERT. Messieurs, personne plus que moi ne reconnaît l'importance de la loi sur laquelle vous délibérez en ce moment ; la Commission l'a reconnue aussi, car elle a pour objet de reconstituer l'un des dépôts les plus précieux de Paris, détruit pendant l'insurrection, et qui concerne, on peut le dire, la France tout entière.

Vous avez pu remarquer toutes les précautions prises pour reconstituer l'état civil, pour réunir toutes les diverses pièces, éparses en ce moment, et pour les compléter par des déclarations.

Vous savez quelles peines sont édictées contre les personnes qui contreviendraient aux prescriptions de la loi. J'y donne mon approbation complète.

J'ai eu l'honneur de le dire à l'Assemblée, j'ai participé à la préparation de cette loi ; la Commission extra-parlementaire comme la Commission parlementaire ont été d'accord sur les diverses peines jugées indispensables, je ne dirai pas seulement contre la mauvaise volonté mais aussi contre la négligence de beaucoup de personnes qui pourraient ne pas comprendre l'utilité de la grande et utile mesure de la reconstitution de l'état civil de Paris.

Mais après ces peines édictées pour les contraventions, le projet contient un article 22 que je considère comme des plus dangereux, bien moins peut-être par l'usage que par l'abus qui pourrait en être fait. Cet article 22 est ainsi conçu : je vous demande la permission de le remettre sous vos yeux :

« Des perquisitions domiciliaires pourront être ordonnées, s'il y a lieu, chez toute personne qui, par profession, aurait en dépôt ou détiendrait des actes d'état civil appartenant à autrui ; elles pourront aussi avoir lieu chez toute autre personne, dans les cas prévus par les articles 20 et 21 ci-dessus. »

Ce sont surtout les notaires de Paris que les dispositions rigoureuses de cet article pourraient atteindre, parce que ce sont eux qui sont les plus importants dépositaires d'actes de l'état civil.

D'après des calculs approximatifs qui ont été faits avec beaucoup de soin, sous ma direction, je n'évalue pas à moins de 7 à 800,000 le nombre des actes de l'état civil déposés dans les minutes des notaires de Paris.

Je vous prie de remarquer que la loi actuelle ne vise pas seulement les actes de l'état civil depuis qu'il a été réglé par la nouvelle législation civile, c'est-à-dire depuis 1793, mais qu'elle vise encore tous les actes de l'état civil antérieurs, c'est-à-dire ceux qui émanaient des paroisses.

En vertu de l'article dont je m'occupe, sans qu'il y ait recel, soustraction ou destruction, comme il est prévu par les articles 21 et 22 du projet de loi, articles que je ne repousse pas, il peut être fait des visites domiciliaires pour la recherche d'actes et même sous prétexte de recherche d'actes. Quand il y a crime, je reconnais la légitimité des recherches, parce qu'il ne faut jamais que la loi reste désarmée devant le crime. Mais, comme je l'ai déjà dit, un abus pourrait être fait de l'article en discussion, et je le crains beaucoup plus que le simple usage de la loi.

La loi que vous faites, Messieurs, aura une longue durée d'application ; l'état civil de Paris ne sera malheureusement jamais reconstitué d'une manière complète, et pendant la longue période de temps de cette laborieuse opération, qui ne durera peut-être pas moins de cinquante ans, pour produire un résultat important, qui sait l'usage qu'en des temps troublés il pourrait être fait de l'article 22 que je combats !

Il ne faut pas vous étonner de la longue période de temps que je crois nécessaire à la reconstitution de l'état civil de Paris ; car la ville de Soissons, dont le désastre n'avait rien de comparable à celui de Paris, a mis vingt et un ans pour reconstituer un état civil resté bien incomplet.

Eh bien, dans une pareille période de temps et par les régimes par lesquels le pays peut passer — et remarquez que la loi n'est pas applicable à Paris seulement, mais bien à la France entière, — il suffira qu'il plaise à un magistrat plus ou moins bien renseigné, qui aura de plus ou moins bonnes raisons, pour faire opérer des visites domiciliaires, qui sont une des plus graves mesures de notre instruction criminelle. Il y a des visites contre lesquelles je ne me suis pas récrié : celles des vérificateurs de l'enregistrement, qui viendront rechercher dans les minutes des notaires, les actes de l'état civil, et cette recherche faite, les notaires donneront l'authenticité à la copie de ces actes, sans honoraires, bien entendu ; car les notaires de Paris, sur lesquels pèsera presque exclusivement cette charge ne demanderont pas mieux que de faire gratuitement ce qui sera en leur pouvoir pour concourir à l'œuvre importante qui fait l'objet de la loi en discussion.

Je n'ai pas combattu la disposition de vérification confiée aux vérificateurs de l'enregistrement, et pourtant j'aurais pu m'étonner qu'il n'ait pas été laissé aux notaires eux-mêmes le soin de faire la recherche des actes ; elle aurait été faite, je puis l'affirmer, de la manière la plus complète et la plus consciencieuse; mais enfin, puisque le travail est confié à l'administration de l'enregistrement, ses agents viendront faire leurs recherches, que nous leur faciliterons autant qu'il sera en notre pouvoir.

Mais si vous votez l'article 22, on pourrait encore, après la recherche faite, venir faire des visites domiciliaires, qui ne s'arrêteraient peut-être plus à l'étude seulement, mais qui pourraient s'étendre jusqu'au cabinet du notaire, pour y prendre connaissance des papiers et des intérêts des clients, qu'on confie au notaire, et qui ne peuvent être divulgués souvent sans les plus grands inconvénients. Ces secrets, toujours bien confiés sont aussi toujours bien gardés. Mais avec le droit de perquisition, le dépôt secret n'aura plus de sécurité, puisqu'il pourra être violé sur le simple soupçon d'une pièce dissimulée.

Je crois que vous penserez, comme moi, que l'article 22 est excessivement dangereux, et je ne vois pas en quoi il peut être utile. S'il y a crime ou délit, le droit commun sera suffisant. Il ne faut pas causer d'effroi inutile au public ; il ne faut pas vous dissimuler que la loi ne sera pas accueillie favorablement par tout le monde. On a des pièces devenues plus précieuses par la destruction des originaux, on les considère avec raison comme sa propriété ; je reconnais bien que l'intérêt public doit dominer l'intérêt particulier ; mais enfin tout le monde ne comprend pas cela : c'est un motif de plus pour ne pas mettre dans la loi les mots peu sympathiques de visites domiciliaires. Vous n'avez pas besoin de ces mesures de rigueur, car, dans la plupart des cas, vous trouverez les pièces sans faire application de pénalités, et quand il faudra, par exception, en appliquer, vous serez suffisamment armés par le Code d'instruction criminelle.

Si vous appréciez comme je le fais l'article 22 du projet de la Commission, j'ai la confiance que vous en prononcerez le rejet. (Appuyé ! appuyé !)

M. le Rapporteur. Messieurs, l'insertion de cet article dans notre projet a été inspirée précisément par la pensée qui fait que M. Sebert vous en demande la suppression, et je ne veux, pour vous en donner la preuve, que lire quatre ou cinq lignes du rapport de la Commission :

« Quand il y aura soupçon de crime ou de fraude, et c'est le cas des articles 20 et 21 de notre loi, l'action de la justice doit être sans entraves : nous ne voulons déroger en rien aux dispositions du Code d'instruction criminelle. Des perquisitions pourront être faites, aux termes des articles 35, 39, 87, 90 de ce Code, au domicile du prévenu ou dans les lieux où les pièces seraient présumées cachées. Mais nous ne croyons pas qu'il faille étendre ces mesures à toutes les contraventions prévues par notre loi. Le travail qu'il s'agit d'entreprendre durera longtemps, nul ne peut dire quand on en verra la fin. Il ne faut pas qu'à une époque quelconque, sous un régime moins scrupuleux que le Gouvernement d'aujourd'hui, on puisse, en prétextant la recherche d'extraits authentiques, fouiller les papiers des citoyens et pénétrer dans leurs secrets de famille. En n'autorisant, dans les cas ordinaires, les perquisitions que chez les personnes qui, par profession, auraient en dépôt ou détiendraient des actes de l'état civil appartenant à autrui (art. 22), notre loi protège l'inviolabilité du domicile contre l'abus de pareilles investigations. »

Notre article avait donc pour objet d'empêcher que la masse du public fût exposée aux visites domiciliaires. Maintenant, si M. le Garde des Sceaux pense qu'on peut sans inconvénient s'en référer au droit commun, la Commission assurément n'y fera pas opposition.

M. le Garde des Sceaux. Je suis très-convaincu, Monsieur le Président, que l'article est au moins inutile, et qu'il ne faut pas l'insérer dans la loi.

M. le Président. M. Sebert demande la suppression de l'article 22. La Commission y consent, et M. le Garde des Sceaux déclare qu'à ses yeux l'article est au moins inutile.

Je le mets aux voix.

(L'article 22, mis aux voix, n'est pas adopté.)
M. LE PRÉSIDENT.

ART. 23 (devenu art. 22,)

L'article 463 du Code pénal est applicable aux peines édic-tées par la présente loi. — (Adopté.)

ART. 24 (devenu art. 23.)

« Il sera fait, par les soins des maires des arrondissements de Paris, une copie littérale des registres de l'état civil des an-nées 1860 à 1871 conservés dans les mairies, et dont le dou-ble a été détruit dans l'incendie du Palais de Justice.

« Chacun des actes recopiés sera signé par le maire ou par l'un des adjoints. La signature du maire ou adjoint sera précé-dée des mots : « Pour copie conforme, en remplacement de la minute détruite pendant l'insurrection. »

« Après l'achèvement du travail, les doubles collationnés seront déposés au greffe du tribunal civil. »

M. LE RAPPORTEUR. Il conviendrait d'ajouter après ces mots : « pendant l'insurrection » ceux-ci : « de 1871. »

La Commission complète ainsi la rédaction de cet article.

M. LE PRÉSIDENT. Je mets aux voix l'article 24 devenu maintenant l'article 23, avec le complément indiqué par M. le rapporteur.

(L'Assemblée, consultée, adopte l'article 23 ainsi com-plété.)

M. LE PRÉSIDENT. M. Paul Morin propose d'ajouter à l'ar-ticle un paragraphe additionnel ainsi conçu :

« Il sera également fait, par les soins des maires des com-munes des arrondissements de Saint-Denis et de Sceaux, une copie littérale des registres de l'état civil dont un des doubles est resté en leur possession, copie qui sera déposée au Palais de Justice, à l'effet de remplacer la copie incendiée. »

M. LE RAPPORTEUR. La Commission adhère.

M. PAUL MORIN. L'addition que j'ai l'honneur de vous proposer a pour objet de combler la lacune qui existe dans la loi. Tous les articles dont on vient de vous donner lecture sont relatifs à la reconstitution des actes de l'état civil de Paris et des communes annexées en 1859.

Or, c'est dans toutes les communes du département de la Seine que les doubles des actes ont été détruits par l'incendie du Palais de Justice. Il est donc indispensable que ces doubles soient reconstitués, et voilà pourquoi j'ai l'honneur de proposer un paragraphe additionnel. (Très-bien ! — Appuyé!)

M. LE GARDE DES SCEAUX. Le Gouvernement adhère.

M. PAUL MORIN. M. le Garde des Sceaux et la Commission veulent bien adhérer à cette addition.

M. LE PRÉSIDENT. Je mets aux voix l'addition proposée par M. Paul Morin.

(Le paragraphe additionnel est mis aux voix et adopté. — L'ensemble de l'article 23, ainsi complété, est également mis aux voix et adopté.)

ART. 25 (devenu l'article 24.)

« Les registres destinés à recevoir les actes transcrits ou refaits, en exécution de la présente loi, seront exempts du timbre. » — (Adopté.)

ART. 26 (devenu l'article 25.)

« Les dépenses auxquelles donnera lieu l'exécution de la présente loi seront supportées pour moitié par l'État et pour moitié par la Ville de Paris. »

M. LE RAPPORTEUR. Il y a une addition nécessaire qui est le corollaire du paragraphe additionnel à l'article 23 proposé par M. Paul Morin et adopté par l'Assemblée.

M. LE PRÉSIDENT. L'addition viendra après le vote de l'article.

(L'article 26, devenu l'article 25, est mis aux voix et adopté.)

M. LE PRÉSIDENT. M. Paul Morin propose après ces mots « et pour moitié par la Ville de Paris, » d'ajouter ceux-ci : « et par les communes des arrondissements de Sceaux et Saint-Denis. »

M. PAUL MORIN. C'est la conséquence de l'addition qui vient d'être adoptée tout à l'heure. (C'est évident !)

M. LE GARDE DES SCEAUX. Il faudrait dire : « en ce qui les concerne. » (Oui ! oui!)

M. PAUL MORIN. M. le Garde des Sceaux me fait observer avec raison qu'il conviendrait d'ajouter « en ce qui les concerne. »

M. LE PRÉSIDENT. Je mets aux voix la disposition additionnelle ainsi rédigée :

« ... et par les communes des arrondissements de Sceaux et de Saint-Denis, en ce qui les concerne. »

(La disposition additionnelle, mise aux voix, est adoptée.)

M. LE PRÉSIDENT. Je mets aux voix l'ensemble de l'article 25,

(L'ensemble de l'article 25 est mis aux voix et adopté.)

M. LE PRÉSIDENT.

ART. 27 (devenu article 26.)

« Un arrêté ministériel déterminera le mode d'exécution de la présente loi, et fixera les indemnités à allouer aux officiers publics, en raison des obligations qu'elle leur impose. » — (Adopté.)

Je mets aux voix l'ensemble du projet de loi.

(L'ensemble du projet de loi est mis aux voix et adopté.)

Loi du 12 février 1872.

———

Versailles, le 24 février 1872.

L'Assemblée nationale a adopté,

Le Président de la République française promulgue la loi dont la teneur suit :

Art. 1er.

Les actes de l'état civil de Paris et des communes y annexées en 1859, dont les registres ont été détruits pendant la dernière insurrection, seront reconstitués.

Ce travail portera sur tous les actes antérieurs ou postérieurs à la loi de 1792 jusqu'en 1860, et pour la mairie du XIIe arrondissement (Bercy), depuis le 1er janvier 1870 jusqu'au 25 mai 1871.

Art. 2.

Une commission, nommée par le ministre de la justice, sera chargée de la reconstitution des actes mentionnés en l'article précédent.

Ces actes seront rétablis :

1° D'après les extraits des anciens registres délivrés conformes ;

2° Sur les déclarations des personnes intéressées ou des tiers et d'après les documents qui auront été déposés à l'appui;

3° D'après les registres tenus par les ministres des différents cultes, les registres des hôpitaux et des cimetières, les tables de décès rédigées par l'administration des domaines, et toutes les pièces qui peuvent reproduire la substance des actes authentiques.

La Commission surveillera et contrôlera les travaux préparatoires faits par les soins de l'Administration.

Pour prendre ses décisions, elle pourra se diviser en sections de trois membres au moins.

Art. 3.

Il sera dressé procès-verbal de chaque séance tenue par la Commission ou par une section de la Commission.

Ce procès-verbal, écrit sur un registre spécial et signé du Président de la Commission ou de la section, mentionnera sommairement chacune des décisions prises dans la séance.

Les actes admis par la Commission seront signés par un de ses membres. Ceux dont l'authenticité aura été reconnue auront toute la valeur probante que leur attribue le Code civil ; les actes rétablis par la Commission feront foi jusqu'à preuve contraire.

Art. 4.

En cas de rejet par la Commission, soit des extraits produits, soit des demandes en rétablissement d'actes, avis en sera donné dans la huitaine au déposant ou déclarant. En cas de contestation, il sera statué par le tribunal de première instance qui pourra être saisi par les parties intéressées ou d'office par le ministère public.

Art. 5.

Toute contestation sera instruite sans frais et jugée conformément aux art. 46, 99, 100 et 101 du Code civil et 855 et suivants du Code de procédure.

Art. 6.

Toute personne qui détient, à quelque titre que ce soit, un

extrait authentique d'un acte de naissance, de reconnaissance d'enfant naturel, de mariage, de divorce ou de décès, dressé dans le temps et dans les lieux ci-dessus marqués, devra, dans le délai d'un an, à partir de la promulgation de la présente loi, en effectuer la remise ou l'envoi au dépôt central établi à cet effet à Paris.

Un récépissé sera délivré au moment de la remise. Après que la pièce aura été soumise à la Commission, et au plus tard dans le délai d'un mois, ce récépissé sera échangé gratuitement contre une expédition sur papier libre, qui fera la même foi que la pièce déposée.

Ce récépissé contiendra les indications suivantes :

1° Le numéro de l'arrondissement, ou le nom de l'ancienne commune ou de l'ancienne paroisse ;

2° Pour les actes de naissance, l'année et le jour de la naissance, les nom et prénoms de l'enfant, les noms et prénoms de ses père et mère légitimes ou naturels ;

Pour les actes de mariage ou de divorce, l'année et le jour du mariage ou du divorce, les noms et prénoms des époux et de leurs pères et mères ;

Pour les actes de décès, l'année et le jour de la mort, les nom, prénoms et âge du défunt ; s'il était marié, veuf ou célibataire.

Si, à la suite de l'acte déposé, il y a une mention de reconnaissance, d'adoption, de rectification ordonnée par jugement, le récépissé contiendra l'extrait de cette mention.

Dans les départements autres que celui de la Seine, le détenteur pourra faire la remise des extraits ci-dessus mentionnés, soit à la mairie, soit à la justice de paix, soit au greffe du tribunal civil du lieu de sa résidence, et, à l'étranger, aux chancelleries des ambassades ou des consulats. Il lui en sera donné, sur papier libre, une copie dûment certifiée qui servira de récépissé et qui sera échangée gratuitement contre l'expédition dont il est parlé au deuxième paragraphe du présent article.

Art. 7.

Toute personne qui détient plusieurs extraits du même acte de l'état civil, dressés dans les lieux et dans les périodes ci-dessus indiqués, devra, dans le délai fixé et selon le mode déterminé par l'article précédent, les remettre ou les envoyer tous au dépôt central. Un de ces extraits sera gardé afin de servir d'original pour la confection des nouveaux registres. Les autres seront rendus au détenteur après avoir été marqués d'une estampille.

Art. 8.

Les administrations et tous les établissements publics, tels que lycées, colléges, facultés, écoles spéciales qui ont dans leurs archives des extraits d'actes de l'état civil énoncés en l'art. 1er, devront les remettre ou les faire parvenir au dépôt central dans les formes ci-dessus indiquées.

Art. 9.

Tout fonctionnaire de l'ordre administratif ou judiciaire, tout officier public ou ministériel, tout greffier, tout sequestre et administrateur. judiciaire auquel sera remis, pour en faire usage, un extrait, non revêtu de l'estampille, d'un des actes indiqués dans l'art. 1er, devra en effectuer la remise ou l'envoi, conformément à l'art. 6, dans le délai de trente jours.

Art. 10.

Tout juge de paix qui, en dressant un procès-verbal de description après décès, tout notaire ou tout syndic de faillite, qui, en procédant à la confection d'un inventaire, trouvera un extrait d'un des actes indiqués en l'art. 1ᵉʳ, sera tenu d'en effectuer la remise ou l'envoi, conformément à l'art. 6, dans les trente jours de la clôture des opérations.

ART. 11.

Si l'extrait d'un des actes de l'état civil indiqués dans l'art. 1ᵉʳ est trouvé dans les papiers d'une personne décédée avant ou sans qu'il y ait eu procès-verbal de description ou d'inventaire, les héritiers ou ayants cause à titre universel du défunt devront en effectuer la remise ou l'envoi, conformément à l'art. 6, dans le délai de six mois à partir de l'ouverture de la succession.

Dans tous les cas prévus par les art. 7, 9, 10 et 11, des récépissés ou des copies, selon les distinctions établies dans l'art. 6, seront délivrés au moment du dépôt et échangés, dans le délai d'un mois, contre des expéditions sur papier libre qui feront la même foi que les pièces déposées. Quant aux dépôts faits par les administrations ou les établissements dont il est question dans l'art. 8, il leur en sera donné récépissé; les expéditions ne seront échangées contre ces récépissés, que sur une demande spéciale.

ART. 12.

Les notaires tiendront leurs minutes à la disposition des vérificateurs ou employés de l'enregistrement qui auront le droit d'y rechercher les extraits d'actes de l'état civil déposés pour minutes ou annexés à d'autres actes, antérieurement à la présente loi. Une copie certifiée des extraits signalés par ces employés, ou réclamés par la Commission, sera délivrée, sur papier libre et sans honoraires par le notaire, et remise au dépôt central où elle restera.

Art. 13.

Un recensement sera fait à Paris par les soins des maires de chacun des vingt arrondissements, à l'effet de recueillir dans chaque famille, en ce qui la concerne, la déclaration des naissances, mariages ou décès, dont les actes ont été détruits, avec l'indication des pièces qui peuvent aider à les refaire, ou des registres, tels que ceux des paroisses, qui en ont gardé la mention.

A la suite de ce recensement, les chefs de famille ou toutes autres personnes pourront être appelés, et, dans ce cas, devront se rendre devant la Commission pour compléter leur déclaration et produire les pièces à l'appui.

Dans les départements, toute personne majeure, née ou ayant contracté mariage à Paris ou dans les communes annexées, devra, dans le délai de trois mois, à partir de la promulgation de la présente loi, se présenter devant l'officier de l'état civil du lieu de son domicile ou de sa résidence, pour y faire une déclaration sur son état civil.

Les père et mère d'enfants naturels devront faire semblable déclaration.

La déclaration pour les mineurs, les femmes mariées et les autres incapables, sera faite par les tuteurs, maris ou représentants légaux.

Art. 14.

Ces déclarations contiendront les mentions essentielles aux divers actes de l'état civil qu'elles auront pour objet de reproduire. Il y sera dit si la trace peut en être retrouvée dans les registres tenus par les ministres des différents cultes. Elles seront signées, après lecture, par la personne comparante, par le délégué ou par l'officier civil; et, si le déclarant ne peut signer, mention en sera faite.

Elles seront adressées, avec copie ou extrait des pièces qui seraient présentées à l'appui, au dépôt central dont il est parlé ci-dessus.

Il sera donné au déclarant certificat de sa déclaration.

Hors de France, les déclarations seront reçues aux ambassades, légations ou consulats, et expédiées à Paris, dans les mêmes formes.

ART. 15.

L'envoi des extratis et des pièces ou déclarations sus-mentionnés sera fait par la poste, sans frais, avec toutes les garanties assurées aux lettres chargées.

ART. 16.

Indépendamment des extraits produits ou des déclarations faites par les particuliers, il sera procédé à la reconstitution des actes de l'état civil au moyen des papiers publics que l'Administration possède ou des registres qu'elle se fera céder.

A cet effet, les doubles des registres tenus par les ministres des différents cultes seront remis en communication au dépôt central, pendant le temps nécessaire pour en prendre copie.

ART. 17.

Tout extrait authentique, toute déclaration reçue, toute pièce déposée ou envoyée du dehors pour la reconstitution des actes de l'état civil, sera, à la date de l'arrivée, mentionnée sommairement sur un livre d'entrée, avec un numéro d'ordre qui sera reproduit sur la pièce.

ART. 18.

Les extraits dont l'authenticité aura été reconnue, les déclarations admises par décision de la Commission, et les actes rétablis d'office, seront distribués en trois grandes divisions :

1° naissances, reconnaissances d'enfants et adoptions ; 2° mariages et divorces ; 3° décès; et rangés, selon leur date, en des portefeuilles correspondant, pour chacune de ces divisions, à chaque année ou partie d'année, en attendant que le travail soit jugé assez avancé pour qu'ils soient reliés en registres.

Ces portefeuilles et ces registres constitueront le dépôt de l'Hôtel de Ville.

Les doubles de ces actes, quand il en existera, ou les copies qui en seront faites, ainsi que les copies des actes rétablis de la Commission, formeront une seconde collection qui sera déposée au greffe du tribunal de première instance. Après la confection des registres, les tables décennales seront redigées d'après les fiches qui auront été dressées à mesure que les actes auront été admis.

Art. 19.

Toute personne qui aura sciemment retenu un extrait authentique, contrairement à l'art. 6, ou qui aura négligé de remplir les prescriptions des art. 8, 9, 10 et 11, sera punie d'une amende de 16 fr. à 300 fr.

Toute personne qui n'aura pas fait les déclarations prescrites par les art. 13 et 14, pourra être punie de la même peine, sans préjudice de l'application de l'art. 21 ci-après s'il y a lieu.

Art. 20.

Quiconque aura caché, recélé, soustrait ou détruit un extrait d'un des actes indiqués dans l'art. 1er, en vue de modifier ou de supprimer l'état civil d'une personne, sera puni de la réclusion.

Si l'acte a été caché, recélé, soustrait ou détruit, dans le dessein d'intervertir l'ordre de dévolution d'une succession ou en vue d'une combinaison frauduleuse quelconque, sans toute-

9

fois qu'il en résulte une modification ou une suppression d'état civil, la peine sera d'un an à cinq ans d'emprisonnement et d'une amende de 50 fr. à 3,000 fr.

Les mêmes peines seront prononcées, d'après les mêmes distinctions, contre tout individu qui, dans le dessein de modifier ou de supprimer l'état civil d'une personne, ou en vue d'une autre combinaison frauduleuse, aura fait une fausse déclaration ;

Sans préjudice de l'application des dispositions du Code pénal dans le cas où une infraction aux prescriptions de la présente loi se rattacherait à un acte qualifié crime ou délit.

ART. 21.

Les pères, mères ou tuteurs sont tenus de déclarer à la mairie de leurs communes respectives la date de la naissance de leurs enfants ou pupilles soumis aux lois sur le recrutement de l'armée, et dont les actes de naissance, incendiés ou détruits, n'auraient pas été rétablis en vertu de la présente loi.

Cette déclaration aura lieu dans l'année qui précédera celle de l'obligation, sous les peines portées en l'art. 38, titre IV de la loi du 21 mars 1832.

Pour la classe de 1871, la déclaration sera faite dans le délai de quinze jours, à partir de la date de la promulgation de la loi d'appel.

Il n'est rien innové en ce qui touche les obligations résultant pour les pères, mères, tuteurs et jeunes gens, des dispositions des lois sur le recrutement.

ART. 22.

L'art. 463 du Code pénal est applicable aux peines édictées par la présente loi.

Art. 23.

Il sera fait, par les soins des maires des arrondissements de Paris, une copie littérale des registres de l'état civil des années 1860 à 1871 conservés dans les mairies, et dont le double a été détruit dans l'incendie du Palais de Justice.

Chacun des actes recopiés sera signé par le maire ou par l'un des adjoints. La signature du maire ou adjoint sera précédée des mots : « Pour copie conforme, en remplacement de la minute détruite pendant l'insurrection de 1871. »

Après l'achèvement du travail, les doubles collationnés seront déposés au greffe du tribunal civil.

Il sera également fait, par les soins des maires des communes et des arrondissements de Saint-Denis et de Sceaux, une copie littérale des registres de l'état civil dont l'un des doubles est resté en leur possession, copie qui sera déposée au Palais de Justice à l'effet de remplacer la copie incendiée.

Art. 24.

Les registres destinés à recevoir les actes transcrits ou refaits en exécution de la présente loi seront exempts du timbre.

Art. 25.

Les dépenses auxquelles donnera lieu l'exécution de la présente loi seront supportées pour moitié par l'État et pour moitié par la Ville de Paris et par les communes des arrondissements de Sceaux et de Saint-Denis, en ce qui les concerne.

Art. 26.

Un arrêté ministériel déterminera le mode d'exécution de la

présente loi, et fixera les indemnités à allouer aux officiers publics, en raison des obligations qu'elle leur impose.

Délibéré en séance publique, à Versailles, le **12 février 1872.**

Le Président,

Signé : JULES GRÉVY.

Les Secrétaires,

Signé : baron DE BARANTE, vicomte DE MEAUX, Paul BETH-MONT, Paul DE RÉMUSAT.

Le Président de la République,

A. THIERS.

Le Garde des Sceaux, Ministre de la Justice,

J. DUFAURE.

———

Le Préfet de la Seine, membre de l'Assemblée nationale,

Vu la loi en date du 12 février 1872, relative à la reconstitution des actes de l'état civil de Paris ;

ARRÊTE :

ART. 1er.

La loi susvisée sera publiée et affichée dans la ville de Paris et dans toutes les communes des arrondissements de Saint-Denis et de Sceaux ;

ART. 2.

Ampliations du présent arrêté seront adressées à chacun des Maires du département de la Seine, qui sont chargés d'en assurer l'exécution.

Fait à Paris, le **17 mars 1872.**

Signé : Léon SAY.

Pour ampliation :

Le Secrétaire général de la **Préfecture,**

A. HUSSON.

Arrêté portant nomination de la Commission.

———— .

Le Garde des Sceaux, Ministre de la Justice,

En vertu des pouvoirs qui lui sont conférés par l'article 2 de la loi du 12 février 1872,

ARRÊTE :

Sont nommés membres de la Commission chargée de la reconstitution des actes de l'état civil de Paris et des communes y annexées :

MM. BARROUX, ancien professeur au lycée Corneille ;
BOINOD, ancien avoué près le tribunal de la Seine ;
BOULLOCHE, avocat à la Cour d'appel de Paris, membre du Conseil de l'ordre ;
CHAROY, notaire honoraire ;
COMPAIGNON DE MARCHEVILLE (Marcel), ancien auditeur au Conseil d'Etat ;
DALLIGNY (Auguste), maire du 8e arrondissement ;
DELACOURTIE, ancien avoué près le tribunal de la Seine ;
DELALAIN-CHOMEL, juge suppléant au tribunal civil de la Seine ;
DELILLE (Léopold), membre de l'Institut ;
DENORMANDIE (Paul), avocat à la Cour d'appel de Paris ;
DUBAIL, maire du 10e arrondissement ;
DUCLOUX, président de la Chambre des notaires de Paris ;
DURANTON, maire du 6e arrondissement ;
DURIER, secrétaire général du ministère de la justice ;
FERRY (Emile), maire du 9e arrondissement ;
FOURCHY, substitut du procureur de la République près le tribunal de première instance de la Seine ;

MM. GALLOIS, conseiller honoraire à la Cour d'appel de
Paris ;

HANIN, vice-président au tribunal de la Seine ;

HUSSON, secrétaire général de la préfecture de la Seine ;

LÉVESQUE, juge au tribunal civil de la Seine ;

LORGET, ancien avoué près le tribunal de la Seine ;

NAST, ancien adjoint au maire du 9ᵉ arrondissement ;

PELLETIER, directeur de l'administration générale à la
Préfecture de la Seine ;

PÉRODEAU (Henri), propriétaire ;

PÉRONNE (Henri), ancien avoué près le tribunal de la
Seine ;

PICOT (Georges), juge au tribunal civil de la Seine ;

DE PONTON D'AMÉCOURT, conseiller honoraire à la Cour
d'appel de Paris ;

RIBOT, substitut du procureur de la République près le
tribunal de première instance de la Seine ;

ROUSSELLE, conseiller à la Cour d'appel de Paris ;

SCIOUT, avocat à la Cour d'appel de Paris ;

THOMAS, doyen de la compagnie des notaires de Paris.

Fait à Versailles, le 7 mars 1872.

J. DUFAURE.

Arrêté ministériel du 20 mars 1872.

Le Garde des Sceaux, Ministre de la Justice ;

Vu l'article 26 de la loi du 12 février 1872, relative à la reconstitution des actes de l'état civil de Paris et des communes y annexées en 1859, dont les registres ont été détruits pendant la dernière insurrection ;

Vu l'arrêté du 7 de ce mois, portant nomination des membres de la Commission chargée de la reconstitution desdits actes,

ARRÊTE :

ART. 1er.

La Commission instituée en vertu de l'article 2 de la loi susvisée entrera immédiatement en fonctions.

Elle nommera au scrutin, pour une année, son président, deux vice-présidents et deux secrétaires.

ART. 2

La Commission sera divisée en six sections de cinq membres chacune.

Une de ces sections sera chargée de la partie administrative.

Elle sera élue par la Commission pour une année.

Elle aura dans ses attributions les rapports avec l'Administration, ainsi que la direction de la correspondance avec les autorités administratives et judiciaires.

De concert avec le président et les autres membres de la Commission, elle surveillera et contrôlera les travaux préparatoires faits par les soins de l'Administration.

Les cinq autres sections seront formées par la voie du sort, et renouvelées tous les trois mois.

Elles statueront, ainsi qu'il est dit en l'article 2 de la loi du 12 février 1872, sur la reconstitution des actes de l'état civil.

Chaque section nommera au scrutin son président et son secrétaire.

Le nom du président de la Commission ne sera pas compris dans le tirage au sort.

Le président pourra assister aux séances de toutes les sections et les présider.

Le bureau de la Commission pourra, à toute époque, autoriser les permutations entre les membres des sections.

Conformément au dernier alinéa de l'article 2 de la loi du 12 février 1872, chacune des sections ne pourra statuer valablement sur les affaires qui lui seront soumises que si trois au moins de ses membres participent à la délibération.

ART. 3.

La Commission se réunira en assemblée générale, sur la convocation du président, toutes les fois que celui-ci le jugera convenable.

Elle statuera sur les questions d'un intérêt général.

Afin d'assurer les meilleures solutions et pour établir, autant que possible, l'uniformité de jurisprudence, les affaires relatives à la reconstitution des actes qui présenteraient des difficultés particulières ou qui exigeraient une entente commune, seront renvoyées à la délibération de l'Assemblée générale.

Dans ce cas, le rapporteur désigné par la section fera le rapport aux sections réunies.

ART. 4.

Un arrêté du Préfet de la Seine, pris après avis de la Commission, déterminera le mode et l'époque du recensement qui devra être opéré à Paris par les soins des Maires des vingt arrondissements, en conformité de l'article 13 de la loi du 12 février 1872.

Art. 5

Il sera statué ultérieurement sur les autres points dont l'article 36 de la loi susvisée a réservé le règlement par arrêté ministériel.

Fait à Versailles, le 20 mars 1872.

J. DUFAURE.

Arrêté préfectoral du 17 mars 1872.

Le Préfet de la Seine, Membre de l'Assemblée nationale,
Vu la loi du 12 février 1872, portant :

ART. 1er.

« Les actes de l'État civil de Paris et des communes y annexées en 1859, dont les registres ont été détruits pendant la
dernière insurrection, seront reconstitués.

« Ce travail portera sur tous les actes antérieurs ou postérieurs à la loi de 1792 jusqu'en 1860, et pour la Mairie du
XIIe Arrondissement (Bercy), depuis le 1er janvier 1870 jusqu'au 25 mai 1871. . . . .

. . . .

ART. 6.

« Toute personne qui détient, à quelque titre que ce soit,
un extrait authentique d'un acte de naissance, de reconnaissance d'enfant naturel, de mariage, de divorce· ou de décès,
dressé dans le temps et dans les lieux ci-dessus marqués, devra,
dans le délai d'un an, à partir de la promulgation de la présente
loi, en effectuer la remise ou l'envoi au dépôt central établi à
cet effet à Paris.

« Un récépissé sera délivré au moment de la remise. Après
que la pièce aura été soumise à la Commission, et au plus tard
dans le délai d'un mois, ce récépissé sera échangé gratuitement contre une expédition sur papier libre, qui fera la même
foi que la pièce déposée.

« Ce récépissé contiendra les indications suivantes :

1° Le numéro de l'arrondissement ou le nom de l'ancienne
commune ou de l'ancienne paroisse ;

2° Pour les actes de naissance, l'année et le jour de la naissance, les nom et prénoms de l'enfant, les noms et prénoms de ses père et mère légitimes ou naturels ;

« Pour les actes de mariage ou de divorce, l'année et le jour du mariage ou du divorce, les noms et prénoms des époux et de leurs pères et mères ;

« Pour les actes de décès, l'année et le jour de la mort, les nom, prénoms et âge du défunt ; s'il était marié, veuf ou célibataire.

« Si, à la suite de l'acte déposé, il y a une mention de reconnaissance, d'adoption, de rectification ordonnée par jugement, le récépissé contiendra l'extrait de cette mention. »

. . . .

ARRÊTE :

ART. 1er :

Le dépôt central, prescrit par la loi susvisée, sera établi au Palais de la Bourse.

Il sera ouvert au public à partir du 21 mars présent mois, de 10 heures à 3 heures.

ART. 2.

Le Secrétaire général de la Préfecture est chargé de l'exécution du présent arrêté.

Fait à Paris, le 17 mars 1872.

Le Préfet de la Seine, Membre de l'Assemblée nationale,

Signé : LÉON SAY.

Pour ampliation :

Le Secrétaire général de la Préfecture,

A. HUSSON.

Extrait du Journàl officiel du 23 mars 1872.

La Commission chargée de la reconstitution des actes de l'état civil de Paris a procédé, dans sa séance du 20 mars, à l'élection de son bureau et des membres de la section administrative pour l'année 1872–1873.

Président :

M. de PONTON D'AMÉCOURT, conseiller honoraire à la Cour d'appel de Paris.

Vice-Présidents :

M. GALLOIS, conseiller honoraire à la Cour d'appel de Paris ;
M. DUCLOUX, président de la Chambre des notaires.

Secrétaires :

M. COMPAIGNON DE MARCHEVILLE, ancien auditeur au Conseil d'Etat ;
M. DELALAIN-CHOMEL, juge suppléant au tribunal de la Seine.

Membres de la section administrative :

M. DURIER, secrétaire général du Ministère de la justice ;
M. HUSSON, secrétaire général de la Préfecture de la Seine ;
M. FOURCHY, substitut au tribunal de la Seine ;
M. PELLETIER, directeur de l'Administration générale à la Préfecture de la Seine ;
M. RIBOT, substitut au tribunal de la Seine.

Extrait du Journal officiel du 28 mars 1872.

Versailles, 27 mars 1872.

Les sections de la Commission chargées de la reconstitution des actes de l'état civil de Paris ont commencé à siéger, lundi 25 mars, à la Bourse, où le service du bureau central est en pleine activité.

Les sections sont composées de la manière suivante :

1re SECTION.

Siégeant le Lundi :

MM. Gallois, conseiller honoraire à la Cour d'appel, président ;
Sciout, avocat à la Cour d'appel, secrétaire;
Dubail, maire du 10e arrondissement ;
Delacourtie, avoué au Tribunal de la Seine, adjoint au maire du 9e arrondissement ;
Denormandie, avocat à la Cour d'appel.

2me SECTION.

Siégeant le Mardi :

MM. Rousselle, conseiller à la Cour d'appel, président ;
Compaignon de Marcheville, ancien auditeur au Conseil d'État, secrétaire ;
Emile Ferry, maire du 9e arrondissement ;
Lorget, avoué honoraire, juge de paix suppléant du 8e arrondissement ;
Péronne, avoué honoraire.

3me SECTION.

Siégeant le Mercredi :

MM. Lévesque, juge au tribunal de la Seine, président ;
Picot, juge au tribunal de la Seine, secrétaire ;
Dalligny, maire du 8e arrondissement ;

MM. Boinod, avoué honoraire, juge de paix suppléant du
18ᵉ arrondissement ;

Nast, ancien adjoint au maire du 9ᵉ arrondissement.

4ᵐᵉ SECTION.

Siégeant le Jeudi :

MM. Thomas, doyen de la Compagnie des notaires de Paris,
président ;

Léopold Delisle, membre de l'Institut, secrétaire ;

Hanin, vice-président au tribunal de la Seine ;

Chavoy, notaire honoraire ;

Pérodeau, propriétaire.

5ᵐᵉ SECTION.

Siégeant le Vendredi :

MM. Ducloux, président de la Chambre des notaires, président ;

De Lalain-Chomel, juge suppléant au Tribunal de la
Seine, secrétaire ;

Boulloche, avocat à la Cour d'appel, membre du Conseil
de l'ordre ;

Duranton, maire du 6ᵉ arrondissement ;

Barroux, ancien professeur au lycée Corneille.

Le samedi a été réservé pour les assemblées générales de
la Commission et pour les séances de la section administrative.

Instruction pour les officiers de l'état civil.

La loi du 12 février 1872, promulguée par insertion au *Journal Officiel* du 25 février 1872, a déterminé les éléments qui serviront à rétablir les actes de l'état civil de la Ville de Paris, et elle a mis en première ligne les extraits des anciens registres délivrés conformes. Un dépôt central pour la réunion de ces extraits a été établi au palais de la Bourse par les soins de M. le Préfet de la Seine et sous la surveillance de la Commission instituée par M. le Garde des Sceaux, pour la reconstitution des actes de l'état civil. Tous les détenteurs d'extraits authentiques doivent, dans le délai d'un an, à partir de la promulgation de la loi, les faire parvenir à ce dépôt; et les fonctionnaires publics ont été chargés d'assurer sur ce point, le plus important de tous, l'exécution de la loi. Les articles 6, 7, 8, 9, 10, 11 et 12 ont spécifié les mesures nécessaires pour rassurer les parties intéressées contre les chances de perte ou de destruction de ces extraits qui, depuis l'incendie des registres, constituent le seul monument authentique de leur état civil. Les déposants reçoivent, en échange de l'extrait dont ils se dessaisissent, soit une copie certifiée conforme, soit un récépissé relatant les parties essentielles de l'acte. Lorsque la Commission a prononcé l'admission de la pièce déposée, cette copie ou ce récépissé est échangé contre une expédition.

Il résulte de l'ensemble de ces dispositions, que, pendant la durée du travail de reconstitution de l'état civil de Paris, les personnes qui se présenteront devant les officiers de l'état civil, pour la célébration d'un mariage, pourront produire, à l'appui de leurs déclarations, soit des extraits authentiques non revêtus du visa de la Commission, soit des expéditions délivrées après l'admission de l'extrait par la Commission, soit des copies ou de simples récépissés délivrés par les autorités qui auront reçu le dépôt des extraits authentiques.

— 145 —

La production de ces différentes pièces pouvant donner lieu, dans la pratique, à des difficultés, il a paru utile de fixer à cet égard les règles suivantes :

Extraits authentiques non revêtus du visa de la Commission.

L'officier de l'état civil doit recevoir ces extraits sans exiger que la partie intéressée en ait fait le dépôt préalable au Palais de la Bourse. Il préviendra la partie qu'il se charge de faire ce dépôt et qu'elle n'a pas à s'en préoccuper. Immédiatement après la célébration du mariage, il adressera l'extrait au Directeur du dépôt central qui en donnera récépissé, et ce récépissé sera annexé à l'acte de mariage.

Expéditions des Extraits authentiques admis par la Commission.

Aux termes du § 2⁷ de l'article 6, ces expéditions font la même foi que la pièce déposée. Elles devront être admises sans difficulté et annexées à l'acte dans les conditions habituelles.

Copies ou récépissés délivrés par les autorités qui ont reçu le dépôt.

La production de ces copies ou de ces récépissés constate que l'extrait authentique a été déposé conformément à la loi, et les indications détaillées que contiennent même les simples récépissés sont suffisantes pour fournir à l'officier de l'état civil tous les renseignements nécessaires à la célébration du mariage Il doit donc les admettre et les annexer à l'acte. La loi du 12 février 1872 ne s'est pas, il est vrai, expliquée sur la valeur probante de ces copies et de ces récépissés; mais la

10

question est tranchée par la loi du 10 juillet 1871. Cette loi permet aux officiers de l'état civil de se contenter de la déclaration des père et mère, aïeuls et aïeules présents au mariage, ou, en leur absence, de la déclaration des futurs époux jointe *à toute pièce ou à tout document rendant vraisemblable la date de naissance indiquée*. Les copies dûment certifiées et les récépissés sont incontestablement les documents les plus sûrs et les plus complets que puissent produire les parties.

Circulaire *de M. le Ministre de la Justice aux Maires de toutes les communes de France.*

Paris, le 29 avril 1872.

Monsieur le Maire,

La loi du 12 février 1872, sur la reconstitution des actes de l'état civil de Paris détruits par l'insurrection au mois de mai 1871, impose aux maires des obligations dont il est nécessaire de bien déterminer la nature et d'assurer l'accomplissement.

Aux termes de l'art. 6 de cette loi, toute personne qui détient, à quelque titre que ce soit, un extrait d'un acte authentique de l'état civil de Paris, antérieur à 1860, ou dressé à la mairie du XIIe arrondissement depuis le 1er janvier 1870 jusqu'au 25 mai 1871, doit en effectuer la remise ou l'envoi au dépôt central.

Ce dépôt central a été établi à Paris, au Palais de la Bourse.

Vous aurez donc à faire rechercher dans les archives de votre mairie les actes de cette nature qui peuvent être annexés à d'autres actes, ou qui, pour toute autre cause, pourraient s'y trouver. Vous aurez à examiner notamment les annexes aux actes de mariage qui n'auraient pas encore été transmises au greffe du tribunal de votre arrondissement, conformément à l'art. 44 du Code civil. Vous pouvez trouver, parmi ces annexes, des actes de naissance, de reconnaissance d'enfant naturel ou de décès dressés à Paris.

L'envoi des actes que vous aurez ainsi recueillis doit être fait au dépôt central, dans l'année, à partir du jour de la promulgation de la loi, c'est-à-dire avant le 25 février 1873, la loi du 12 février 1872 ayant été promulguée par son insertion au *Journal officiel* du 25 février dernier.

La loi exige l'envoi de ces extraits authentiques, et non de copies; vous n'aurez donc point à les faire copier, c'est l'extrait authentique même qui doit être adressé au dépôt central. Cet envoi doit être fait en franchise, conformément à l'art. 15 de la loi du 12 février 1872 , qui dispense ces sortes d'envois de tous frais de poste. Il sera bon de remplacer dans les dossiers chaque extrait authentique que vous en aurez tiré, par une fiche qui en relatera les énonciations principales, et indiquera la date de l'envoi au dépôt central.

L'art. 9 de la loi du 12 février 1872 prescrit à tout fonctionnaire de l'ordre administratif ou judiciaire d'effectuer la remise ou l'envoi au dépôt central de tout extrait des actes de l'état civil de Paris qui lui sera remis pour en faire usage, lorsque cet extrait ne sera pas revêtu de l'estampille indiquant qu'il a déjà été soumis à la Commission chargée de la reconstitution des actes. Les maires, officiers de l'état civil, sont évidemment au nombre des fonctionnaires auxquels cette obligation est imposée. Aux termes du même article, l'envoi de ces extraits doit être fait dans le délai de trente jours. Ce délai doit courir naturellement à partir du jour où il a été fait usage de l'extrait déposé.

Ainsi, Monsieur le Maire, lorsque, en vue d'un mariage à contracter, un extrait des actes de l'état civil de Paris aura été déposé entre vos mains, vous devrez, après avoir procédé au mariage, s'il y a lieu, envoyer l'extrait au dépôt central. Dans ce cas encore, vous n'avez pas à faire faire de copie, et c'est l'extrait lui-même que vous devez envoyer dans le délai de trente jours. Comme dans le cas précédent, il sera bon de remplacer momentanément l'extrait par une fiche reproduisant les énonciations principales et indiquant la date de l'envoi. Le dépôt central vous enverra, dans le mois, un récépissé que vous devrez annexer à l'acte de mariage, pour être déposé, conformément à l'art. 44 du Code civil, au greffe du tribunal de votre arrondissement, avec le double des registres dont le dépôt doit avoir lieu audit greffe.

Aux termes de l'article 6, 9e alinéa de la loi du 12 février 1872, dans les départements autres que celui de la Seine, tout détenteur des extraits d'actes de l'état civil ci-dessus mentionnés pourra en faire la remise à la mairie de la commune où il se trouve. Il lui en sera donné une copie dûment certifiée, qui servira de récépissé, et qui, plus tard, sera échangée gratuitement contre une expédition sur papier libre, certifiée par la Commission, et qui fera la même foi que la pièce déposée.

Lorsque des extraits authentiques seront déposés à votre mairie en exécution de cette disposition, vous devrez donc en faire faire la copie, la certifier, la remettre au déposant à titre de récépissé, retenir l'extrait authentique et l'envoyer à Paris au dépôt central. La Commission, après avoir examiné l'extrait et en avoir constaté l'authenticité, vous adressera, dans le mois, une expédition sur papier libre, faisant la même foi que la pièce déposée. Cette expédition sera remise par vous au déposant en échange de la copie que vous lui aurez délivrée à titre provisoire.

Il ne me reste plus qu'à vous parler des dispositions de l'article 13, alinéas 3, 4 et 5, et de l'article 14 de la loi du 12 février 1872. Dans les départements, toute personne majeure née ou ayant contraté mariage à Paris ou dans les communes annexées, doit, dans le délai de trois mois, à partir de la promulgation de la loi, se présenter devant l'officier de l'état civil du lieu de son domicile ou de sa résidence, pour y faire une déclaration sur son état civil. Les pères et mères d'enfant naturel devront faire semblable déclaration. La déclaration pour les mineurs, les femmes mariées et les autres incapables sera faite par les tuteurs, maris ou représentants légaux.

Les trois mois impartis pour faire ces déclarations expirant le 25 mai prochain, je vous invite, Monsieur le maire, à faire publier dans votre commune, en la forme accoutumée, et au moins à deux reprises différentes, les dispositions que je viens de vous rappeler.

L'article 14 de la loi du 12 février 1872 s'occupe de la rédaction des déclarations que vous êtes appelés à recueillir. Elles contiendront les mentions essentielles aux divers actes de l'état civil qu'elles auront pour objet de reproduire. Il y sera dit si la trace peut en être retrouvée dans les registres tenus par les ministres des différents cultes. Il vous appartient, Monsieur le Maire, d'interpeller les déclarants, et de les interroger avec soin pour obtenir d'eux ces précieux renseignements. La personne comparante devra signer, ainsi que vous, la déclaration.

Les déclarations seront adressées par vous au dépôt central, avec copie ou extrait des pièces présentées à l'appui. Cet envoi sera fait en franchise.

Vous donnerez au déclarant un certificat constatant la déclaration faite par lui.

La Commission a rédigé, pour la réception des déclarations, des formules que vous trouverez à la suite de cette circulaire. Je vous invite à vous y conformer. Ce sera un excellent moyen de donner l'uniformité nécessaire à la grande et difficile opération de la reconstitution des actes, dont vous apprécierez certainement l'importance, et à laquelle vous apporterez, je n'en doute pas, un concours actif et éclairé.

Recevez, Monsieur le Maire, l'assurance de ma considération distinguée.

Le Garde des Sceaux, Ministre de la Justice,
J. DUFAURE.

Formules adoptées par la Commission.

DÉCLARATION

Reçue par le Maire de la commune d
, département d
en exécution de la loi du 12 février 1872, sur la reconstitution des actes de l'état civil de Paris.

ACTE DE NAISSANCE.

Je soussigné
demande le rétablissement de l'acte de naissance de
Date :
Lieu :
Noms et prénoms :
Sexe :
Nom et prénoms du père :
Age et profession :
Nom et prénoms de la mère :
Age et profession :
Date du mariage des père et mère :
Domicile des père et mère :
Pièces et indications à l'appui de la déclaration :

A   , le   187 .

Signature du déclarant.

Signature de l'officier de l'état civil.

ACTE DE RECONNAISSANCE.

Je soussigné
demande le rétablissement de l'acte de reconnaissance de
Date :
Nom et prénoms du déclarant :
Age et profession :
Domicile :
Nom et prénoms de la déclarante :
Age et profession :
Domicile :
Nom et prénoms de l'enfant :
Date de l'inscription :
Arrondissement ou commune :
Nom et prénoms du père :
Nom et prénoms de la mère :
Pièces et indications à l'appui de la déclaration :

A   , le   187

Signature du déclarant.

Signature de l'officier de l'état civil.

ACTE DE MARIAGE.

Je soussigné
demande le rétablissement de l'acte de mariage de
Date :
Nom et prénoms de l'époux :
Age et profession :
Domicile :
Lieu et date de naissance :
Majeur ou mineur :
Fils légitime ou naturel :
Nom, prénoms et profession du père :
Domicile :
Décédé à le
Nom, prénoms et profession de la mère :
Domicile :
Décédée à le
Veuf de :
Nom et prénoms de l'épouse :
Age et profession :
Domicile :
Lieu et date de naissance :
Majeure ou mineure :
Fille légitime ou naturelle :
Nom, prénoms et profession du père :
Domicile :
Décédé à
Nom, prénoms et profession de la mère :
Domicile :
Décédée à
Veuve de
S'il a été fait un contrat de mariage :
Nom et résidence du notaire :
Pièces et indications à l'appui de la déclaration :

A   , le   187

Signature du déclarant.

de l'officier de l'état civil.

ACTE DE DÉCÈS.

Je soussigné
demande le rétablissement de l'acte de décès de
Date :
Lieu :
Nom et prénoms :
Age et profession :
Lieu de naissance :
Domicile :
Veu   de
Marié   à
Nom et prénoms du père :
Age et profession :
Nom et prénoms de la mère :
Age et profession :
Pièces et indications à l'appui de la déclaration :

A   , le   187

Signature du déclarant.

Signature de l'officier de l'état civil.

Décision *de M. le Ministre des Finances en date du* 27 *avril* **1872.**

Monsieur et cher Collègue,

Postes.
—
Franchises
des
correspon-
dances.

M. le Secrétaire général de votre département, à qui a été confiée la présidence de la Commission chargée de la reconstitution des actes de l'état civil de Paris, a fait connaître, le 15 avril courant, à l'Administration des Postes, que les immunités postales autorisées par mon prédécesseur le 5 mars dernier, étaient insuffisantes pour assurer les besoins du service dont il s'agit.

J'ai l'honneur de vous informer que, pour satisfaire au désir exprimé par M. Durier, et sur le rapport de M. le Directeur général des Postes, j'ai pris à la date de ce jour la décision suivante qui est destinée à remplacer celle du 5 mars dernier :

ART. 1er.

Le contre-seing du Président de la Commission de reconstitution des actes de l'état civil de Paris opérera la franchise de tous documents et de toutes correspondances sous bandes ou sous plis fermés, exclusivement relatifs à ce service, adressés à toutes personnes indistinctement.

ART. 2.

Le Président de la Commission recevra en franchise, sans condition de contre-seing, tous documents et toutes correspondances à son adresse concernant la reconstitution des actes de l'état civil de Paris.

Art. 3.

Les correspondances émanant ou à l'adresse du Président de la Commission seront soumises à la formalité du chargement en franchise. Elles devront porter sur la suscription la mention suivante : « Exécution de l'art. 15 de la loi du 12 février 1872. »

Art. 4.

Le Président de la Commission est autorisé à remplacer son contre-seing par l'empreinte d'une griffe fournie par l'Administration des Postes.

Agréez, etc.

Le Ministre des Finances,
E. de GOULARD.

Dénombrement quinquennal de la population. — *Recensement spécial prescrit par la loi du 12 février 1872, relative à la reconstitution des actes de l'état civil.*

Le Préfet de la Seine, membre de l'Assemblée nationale,

Vu le décret du Président de la République, en date du 8 mars dernier, portant qu'il sera procédé, en 1872, au dénombrement de la population, ledit dénombrement ayant pour but de dresser les tableaux officiels de population, qui deviendront la base des actes publics pendant une nouvelle période de cinq années, à partir du 1er janvier 1873;

Vu les instructions contenues dans la circulaire de M. le Ministre de l'Intérieurr, en date également du 8 mars;

Arrête :

ART. 1er.

Le dénombrement général des habitants du département de la Seine sera exécuté à Paris et dans toutes les communes des arrondissements de Saint-Denis et de Sceaux, du 1er mai au 5 juin.

ART. 2.

Le dénombrement à Paris sera fait par quartier.

Des commissaires-recenseurs nommés par le Préfet, sur la présentation des Maires, et placés sous la surveillance de ces fonctionnaires, se présenteront dans chaque maison, en justifiant de leur commission, et inscriront sur des listes préparées à cet effet, les noms, prénoms, sexe, âge, profession, etc., etc., des personnes qui composent chaque ménage.

Art. 3.

Il sera procédé, en même temps, avec le concours des mêmes commissaires-recenseurs, au recensement spécial prescrit par l'art. 13 de la loi du 12 février 1872, relative à la reconstitution des actes de l'état civil; ledit article ainsi conçu, §§ 1er et 2 :

« Un recensement sera fait à Paris par les soins des Maires « de chacun des vingt arrondissements, à l'effet de recueillir « dans chaque famille, en ce qui la concerne, la déclaration des « naissances, mariages ou décès, dont les actes ont été dé- « truits, avec l'indication des pièces qui peuvent aider à les « refaire, ou des registres, tels que ceux des paroisses, qui en « ont gardé la mention.

« A la suite de ce recensement, les chefs de famille ou « toutes autres personnes pourront être appelés, et, dans ce « cas, devront se rendre devant la Commission pour compléter « leur déclaration et produire les pièces à l'appui. »

Art. 4.

Tous les citoyens sont invités à donner aux commissaires-recenseurs les divers renseignements dont ces agents auront besoin pour l'accomplissement de leur mission.

Art. 5.

Le dénombrement sera fait dans toutes les communes des arrondissements de Saint-Denis et de Sceaux, soit par les Maires et les adjoints, soit par des membres du Conseil municipal, soit par des agents spéciaux que les Maires désigneront.

Les recenseurs de chaque commune seront porteurs d'une commission délivrée par le Maire.

Art. 6.

Le présent arrêté sera imprimé et affiché dans Paris et dans les autres communes du Département.

Fait à Paris, le 16 avril 1872.

Signé : Léon SAY.

Pour ampliation :

Le Secrétaire général de la Préfecture,

A. HUSSON.

Instruction *pour les recenseurs de l'état civil, relative-*
ment à la réfection des actes dressés à Paris avant 1860,
et, en outre, pour le XII⁰ arrondissement (Bercy), du
1ᵉʳ janvier 1870 au 25 mai 1871.

——————

L'article **13** de la loi relative à la reconstitution des actes de
l'état civil de Paris, votée le **12** février **1872**, promulguée
le **25**, porte :

« Un recensement sera fait à Paris par les soins des maires
« de chacun des vingt arrondissements, à l'effet de recueillir
« dans chaque famille, en ce qui la concerne, la déclaration des
« naissances, mariages ou décès, dont les actes ont été dé-
« truits, avec l'indication des pièces qui peuvent aider à les
« refaire, ou des registres, tels que ceux des paroisses, qui en
« ont gardé la mention.
« A la suite de ce recensement, les chefs de famille ou toutes
« autres personnes pourront être appelés, et, dans ce cas, de-
« vront se rendre devant la Commission pour compléter leur
« déclaration et produire les pièces à l'appui.

Ce sont donc des renseignements sommaires, mais clairs et
précis, que les recenseurs ont à demander aux familles, en s'a-
dressant à elles directement, sans l'intermédiaire des concierges
ou voisins, et en les interrogeant sur chacun des cas prévus
par cet article.

A cet effet, le recenseur commencera par demander au père
ou à la mère de famille, ou à la personne qui la représente,
s'ils possèdent ou connaissent des extraits authentiques (sur
papier timbré) d'actes d'état civil, dressés à Paris, les concernant ou concernant leurs ascendants ou descendants, sur lesquels ils auraient à faire des déclarations, et il inscrira les ré-

ponses dans la colonne à ce réservée, en les faisant précéder des noms et prénoms, de la date, de l'indication de l'arrondissement ou de l'ancienne commune. (Voir la formule de déclaration.)

Si la personne déclarante dit ne posséder ou ne connaître que des pièces *non authentiques* (simples bulletins de mairie, extraits d'actes de baptême, de mariage religieux, registres de paroisse, lettre d'hospice ou d'hôpital, quittances du droit municipal d'inhumation, certificats de libération militaire, etc.), mention en sera également faite, avec toute la précision possible, dans la même colonne avec les noms, prénoms, date, arrondissement ou ancienne commune, comme il a été dit ci-dessus.

On recevra également, sur la formule, les déclarations concernant les personnes étrangères à la famille, mais qui habiteraient avec elle, comme employés, domestiques, etc. Dans ce cas, on indiquerait la qualité.

Le travail confié aux recenseurs leur est recommandé tout spécialement; il ne peut donner d'utiles résultats pour la reconstitution de l'état civil, que s'il est fait avec le plus grand soin.

Pour faciliter d'ailleurs leurs investigations, le tableau ci-contre leur rappellera incessamment tous les actes quelconques se rapportant aux naissances, décès et mariages, que ces actes aient ou non un caractère authentique. En consultant cette nomenclature, *de concert avec les familles*, le recenseur attentif ne laissera échapper aucune déclaration nécessaire.

C'est le recenseur qui devra inscrire lui-même les déclarations dans les cases du bulletin, disposées pour chaque nature d'acte et pour chaque personne déclarée, en s'appliquant à ne pas les confondre. S'il lui arrive de commettre une erreur, il n'hésitera pas à la rectifier, en sacrifiant la case mal remplie et en portant dans une autre case les déclarations rectifiées, plutôt que de les surcharger.

Si le déclarant désire écrire lui-même le tableau de sa famille et les renseignements demandés, il devra le faire d'accord avec le recenseur, de telle sorte que celui-ci n'ait plus qu'à apposer sa signature.

Pour les reconnaissances et légitimations d'enfants naturels, comme pour les adoptions, le recenseur ne réclamera de renseignements, à ce sujet, que s'il résulte de l'ensemble des déclarations du chef de la famille que des enfants qui lui appartiennent sont nés hors d'elle ou hors mariage.

Les déclarations porteront aussi sur les alliés en ligne directe ou sur les collatéraux (oncles, frères, tantes, sœurs, neveux, nièces, cousins et cousines), qui, nés ou mariés à Paris, n'y habiteraient plus ou y seraient décédés.

Après avoir inscrit les déclarations, le recenseur les fera signer par le déclarant et les signera lui-même.

En cas de difficultés sur les déclarations faites ou à faire, le recenseur en référera le jour même au chef de service à la mairie.

Avant de prendre congé du déclarant, le recenseur ne manquera pas de lui rappeler que, s'il possède des extraits authentiques d'état civil dressés à Paris avant l'année 1860, il doit les déposer au bureau central, palais de la Bourse, avant le 24 février 1873, sous les peines portées par la loi. Mais les recenseurs ne pourront recevoir aucune pièce. Celles que les déclarants auraient à déposer au bureau central devront y être apportées ou envoyées par eux. Les recenseurs devront prévenir les familles qu'elles peuvent faire cet envoi par la poste en franchise, et qu'un récépissé leur sera adressé sans frais.

Tous les bulletins de recensement remplis et complets devront être déposés chaque soir, ou au plus tard le lendemain matin, à la mairie.

11

**Indication des principales pièces pouvant aider
à rétablir les actes détruits.**

1° NAISSANCES.

Extrait sur papier timbré d'un acte de naissance.
Copie ou bulletin sur papier libre d'un acte de naissance.
Bulletin d'inscription sur un registre d'hôpital.
Acte de baptême ou extrait.
Acte de mariage civil ou religieux, relatant la naissance des époux.
Acte de reconnaissance d'enfant naturel.
Acte de légitimation par mariage.
Certificat de libération du service militaire.
Feuille d'appel au tirage au sort.
Diplôme de licence, doctorat, ingénieur, etc.
Brevet d'officier ou autre.
Titre de rente sur l'Etat. (Nominatif.)
Certificat de vie.
Acte judiciaire, jugement, arrêt, conseil de famille.
Acte notarié : inventaire, contrat de mariage.
Noms des paroisses, temples, etc.

2° DÉCÈS.

Extrait sur papier timbré d'un acte de décès.
Copie ou bulletin sur papier libre d'un acte de décès.
Bulletin d'inscription sur un registre d'hôpital.
Lettre du directeur d'un hospice ou d'un hôpital.
Quittance de la taxe d'inhumation.
Certificat d'inhumation provenant de paroisse, cimetière, etc.
Acte de mariage relatant les décès des parents.
Acte de décès d'un enfant ou époux relatant les décès des parents.

Acte judiciaire, jugement, arrêt, conseil de famille.

Acte notarié : inventaire après décès, partage, liquidation, etc.

Quittance des droits de succession.

Quittance de l'entreprise des pompes funèbres.

Noms des paroisses, temples, etc.

3° MARIAGES.

Extrait authentique sur papier timbré d'un acte de mariage.

Copie ou extrait non authentique du même acte.

Bulletin du mariage civil destiné à la cérémonie religieuse.

Acte de mariage religieux ou extrait dudit.

Mention de légitimation relevée en marge de l'acte de naissance d'un enfant.

Acte de naissance d'un enfant.

Acte de décès d'un époux.

Acte judiciaire (jugement de séparation, de divorce, conseil de famille, etc., ou tout autre).

Acte notarié fait en qualité d'époux.

Autorisation ministérielle pour les militaires ou marins.

Noms des paroisses, temples, etc.

Recensement *spécial à domicile pour la reconstitution des actes de l'état civil.*

—

Les registres de l'état civil de Paris et des communes annexées à cette ville, en vertu de la loi du 16 juin 1859, et qui étaient déposés à l'Hôtel de Ville et au Palais de Justice, ont été détruits dans les incendies de mai 1871.

Ces registres, pour toute la période antérieure au 1er janvier 1860, ont donc disparu. (Les registres de l'état civil du XIIe arrondissement, pour la période du 1er janvier 1870 au 25 mai 1871, ont été également incendiés.)

La loi du 12 février 1872 a prescrit des mesures pour le rétablissement des actes détruits; dans ce but, elle a ordonné qu'un recensement spécial serait fait à domicile pour faciliter aux familles le rétablissement des actes qui les intéressent.

L'article 13 de la loi précitée est ainsi conçu :

« Un recensement sera fait à Paris, par les soins des Mai-
« res de chacun des vingt arrondissements, à l'effet de re-
« cueillir dans chaque famille, en ce qui la concerne, la décla-
« ration des naissances, mariages ou décès, dont les actes ont
« été détruits, avec l'indication des pièces qui peuvent aider
« à les refaire, ou des registres, tels que ceux des paroisses,
« qui en ont gardé la mention.

« A la suite de ce recensement, les chefs de famille ou tou-
« tes autres personnes pourront être appelés, et, dans ce cas,
« devront se rendre devant la Commission pour compléter
« leur déclaration et produire les pièces à l'appui. »

En vertu de cette disposition, des Commissaires-Recenseurs, munis d'une commission officielle, se présenteront, à partir du

1er mai prochain, dans les familles, pour recueillir près d'elles, sur des formules préparées pour cet objet, les renseignements qui les concernent. Si elles possèdent des pièces qui puissent aider à refaire ou à retrouver les actes à rétablir, elles sont invitées à les préparer à l'avance, afin que les Commissaires-Recenseurs puissent en recueillir facilement l'indication.

Les habitants de Paris comprendront que les mesures dont l'autorité est chargée d'assurer l'exécution, sont prises dans leur propre intérêt ; ils s'empresseront donc de faire aux Commissaires délégués l'accueil qui leur est dû.

Paris, le 30 avril 1872.

Le **Préfet** *de la Seine, Membre de l'Assemblée nationale,*

Signé : **Léon SAY.**

Pour copie conforme :

Le Secrétaire général de la **Préfecture,**

A. HUSSON.

Arrêté ministériel du 6 mai 1872.

Le Garde des Sceaux, Ministre de la Justice,

Vu la loi du 12 février 1872, relative à la reconstitution des actes de l'état civil de Paris ;

Considérant que, conformément à l'art. 26 de ladite loi, il y a lieu de fixer les indemnités à allouer aux officiers publics en raison des obligations que la loi leur impose ;

Après avoir pris l'avis de la Commission chargée de la reconstitution des actes de l'état civil,

Arrête :

ART. 1er.

L'indemnité due aux greffiers des tribunaux civils pour la recherche des extraits authentiques des actes de l'état civil de Paris, prescrite par l'article 6 — 1er alinéa — de la loi du 12 février 1872, est fixée à un demi-centime pour chaque liasse de pièces annexées aux actes de mariage et déposées au greffe en exécution de l'article 44 du Code civil. — Les pièces annexées à chaque acte de mariage seront considérées comme formant une liasse.

Le greffier constatera, en présence du Procureur de la République, l'existence dans les archives de son greffe desdites liasses. Il sera dressé procès-verbal de cette opération. Le procès-verbal sera signé par le Procureur de la République et par le greffier.

ART. 2.

Les greffiers auront droit, en outre, à un centime par chaque extrait authentique tiré des liasses, et envoyé au dépôt central, à Paris, conformément à l'article 6 précité, — premier alinéa.

Art. 3.

Les greffiers des tribunaux civils et des justices de paix auront droit à 15 cent. pour chaque copie d'acte de naissance, de reconnaissance d'enfant naturel et de décès, — et à 30 cent. pour chaque copie d'acte de mariage délivrée à titre de récépissé aux détenteurs d'extraits authentiques qui en auront effectué le dépôt conformément à l'article 6 — alinéa 9 — de la loi du 12 février 1872.

Art. 4.

Il est alloué aux notaires, à titre d'indemnité pour les copies sur papier libre qu'ils doivent délivrer pour être remises au Dépôt central, conformément à l'article 12 de la loi précitée, 15 cent. par acte de naissance, de reconnaissance d'enfant naturel et de décès, — et 30 cent. par acte de mariage.

Fait à Versailles, le 6 mai 1872.

Signé : **J. DUFAURE.**

Pour ampliation :

Le Secrétaire général du Ministère de la Justice,

ÉMILE DURIER

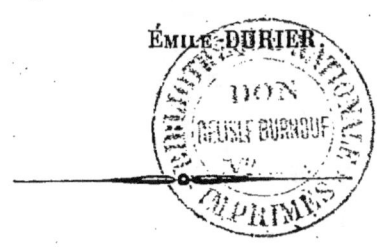

TABLE DES MATIÈRES.

www.ingramcontent.com/pod-product-compliance
Lightning Source LLC
Chambersburg PA
CBHW070909030726
47504CB00005B/1515